光文社文庫

江ノ島西浦写真館

・

三上　延

光　文　社

目次

江ノ島西浦写真館

プロローグ

白い雌猫（めすねこ）が床に置かれた皿へ口を突っこんで食事している。

二階から足音が下りてくる。猫がちらりと顔を上げると、痩せた男が廊下の奥へ向かった。警戒しなくていい人間だということは彼女にも分かっている。今日も紺色の服を着ているようだが、猫の目にはぼんやりとしか見えない。足音の後で水の流れる音が聞こえた。猫にとって人間は足の生き物だ。爪先の動きや立てる音で、今なにをしているのか、どういう感情を持っているのかも漠然と分かる。いつものように男はてきぱきと動いている。テーブルに並べられた食事を取り、使った器も流しに持っていった。ついでに猫の皿も下げようとする。こちらはまだ食べ終わっていない。強く鳴いて抗議すると、詫びるように背中を撫でられる。

それから、男は裏口から外へ出ていった。

静かになった建物の中で、猫はゆっくり食事を続ける。今、ここに住んでいるのは彼女とあの男だけだ。もっと多くの人間が住んでいて、賑やかな時期もあったが、いつのまにか姿を消してしまった。決まった時間に出て行くあの男が、どこでなにをしているかは分からない。さほど興味も持っていなかった。

空になった器を残して、細く開いた戸をすり抜けた。じめついた薄暗い地面を足早に通りすぎて、日の当たる路地へ出た。猫の住んでいる建物は、周囲にある建物とは違って古びている。

右手からは波の音が、左手からは人間の足音が聞こえる。同居していない人間に近づきたくはないが、海へ行っても風が冷たいだけだ。左に折れて歩き出す。

ここは海に囲まれた島だ。数え切れないほど多くの人間とすれ違うが、猫に見えるのは足ばかりだった。大きな足、小さな足、爪先も見えない足、爪先だけ見えている足。寒い季節の今は、分厚い靴が目立つ。

前から来る人間の男を避けようとして、ふと足を止める。その男はひときわ大きく、爪先も黒い靴に覆われている。

その足音は奇妙に濁っていた。ごつり、ごつり。夜に出る霧のような、淀んだ感情が伝わってくる。時々耳にする音だ。一緒に暮らしている男も、たまにそんな風に歩くことがある。

猫が止まったせいで、大きな人間は勘違いしたのか、しゃがんで手を伸ばしてくる。撫でようとしているらしい。頭の毛は他の人間よりも少し短い。足の先だけではなく、影のような黒い色の服で全身を包んでいる。猫は走り去った。人間にじっと見られるのも、触られるのも嫌いだ。

路地から広い坂道に出る。人間の足が視界に増えた。なるべく近づかず、石畳の端を歩いていく。やがて坂を下り終わると、潮の匂いが強くなった。珍しく人間の姿は少なかったが、追いかけてくる子供には閉口した。

日当たりのいい場所を探すうちに、島の外へ通じる大きな橋に着く。これを人間が作ったことはぼんやりと理解している。他の動物にそんなことはできない。

ずっとこの土地で暮らしていて、橋の向こうへは行ったことがない。紐で繋(つな)がれているわけではないが、この島が自分のいるべき場所だと感じる。人間に強(し)いられたわけではない。目に見えないものがこの島と彼女を対等に結びつけていた。

海の上に架かった橋を渡って、人間たちはここへやって来る。彼らもこの島のなにかと結びついているのだろう。耳を傾けていると、ほとんどの足音は軽く心地よい。明るい感情が伝わってくる。さっきのような濁った足音は例外だ。一日にそう何度も行き合わない。

ごつり、ごつり。

耳がぴんと立った。珍しいことに二人目だ。さっきの人間よりも小さい女だった。ふっくらと丸みを帯びた白い服を身に着けているが、本当の体つきは痩せているのが分かる。わざとそうしているみたいに、どこを取っても目立つところがない。なにか淀んだ感情を抱えているようだった。

以前、見たことがある気がする。似ている人間を知っているのかもしれない。猫は日光を吸った石畳に座り、足音の主を見送る。女の方はこちらにまったく気付かなかった。

また会うかもしれない。濁った足音を響かせる人間は、なぜか猫の住んでいるあの古い建物に行き着くことが多いからだ。まるで見えないもので結びつけられているかのように。他に行くところなどないかのように。

第一話

凍(こお)りつくような海風が、冬の江ノ島から吹きつけてくる。

島と海岸を繋ぐ弁天橋(べんてんばし)を歩きながら、桂木繭(かつらぎまゆ)は白いダウンコートのジッパーを喉元まで上げた。晴れているからと高を括(くく)っていたが、おそろしく寒い。

逆光で黒ずんだ江ノ島が少しずつ近づいてくる。同じように島へ渡ろうとしている人たちが、重い足取りの繭を次々と追い抜いていった。親子連れや外国人らしいグループが目につく。

今日は一月十日。二〇一五年の正月も終わっている。真夏と違って海岸にほとんど人の姿は見えないが、江ノ島への観光客はそれなりに多かった。島内の江島(えのしま)神社へ遅い初詣に行くのか、展望台や植物園を目当てにしているのかもしれない。

橋を渡りきったところ、島の入口に大きな鳥居がある。その先の細い坂道に、土産物屋や飲食店がずらりと並んでいた。観光客はこの坂から島の奥へ向かうが、繭の目的は観光ではない。島に住んでいた祖母の家へ行き、遺品の整理を手伝うことになっている。

江ノ島は不思議な土地だ。緑が豊かで細い坂が多い。橋を一つ渡っただけなのに、湘(しょう)南(なん)の賑やかな海岸とは雰囲気が違う。ずっと遠くへ来た気がする。

子供の頃は長い休みのたびに泊まりに来ていた。

頂上の展望台や、島の反対側にある岩屋(いわや)へ車では行けないので、どうしても移動は歩きになる。子供の足で一回りするのにちょうどいい広さだった。

昔は、この島が大好きだった。今も、嫌いではないが。

「あれっ、アヨミ……マユミちゃん？　名前なんだっけ」

微妙に間違えた名前で呼びかけられる。土産物屋の前に見覚えのある茶髪の男が立っていた。

髑髏(どくろ)のプリントされた長袖の黒いTシャツ一枚で、たった今真夏の海から上がったように日焼けしている。見た目は若々しいが、もう二十代ではないはずだ。ごつごつしたシルバーのアクセサリーが首筋と指に光っていた。

「……桂木繭です。こんにちは」

控えめに答えると、男はくしゃっと表情を崩した。

「そうだった。悪いね、名前憶(おぼ)えんの苦手でさ」

と、言いながら「江ノ島」の文字が入ったストラップをワゴンのフックにかけた。土産物屋の一人息子で、何年か前に店を継いだと聞いている。この島は有名な観光地だが、もちろん住民もいる。

　小学校に入りたての繭が初めて会った時、この人はまだ高校生だった。夏休みの間だけアイスクリームの屋台を出していて、低い声を愛想よく張り上げていた。繭が通りすぎるたびに手招きして、コーンに山盛りのアイスをこっそり渡してくれた。見た目は派手だがいい人だ。

「そ、そんな……無理ないですよ」

「今なにやってんの？　大学生？」

「去年、就職しました。今はわたしも藤沢で一人暮らししてて……」

「へー、そうなんだ。藤沢ってこのへん？　海のそば？」

「いいえ、山の方です。小田急線の善行駅の近くで……」

　ぼそぼそ話しながら、ひそかに冷や汗をかいていた。相手の名前を思い出せない。こちらも素直に訊けばよかったのに、タイミングを逃してしまった。気になって会話に身が入らなかった。ふと男が口をつぐんで、しげしげと繭の顔を覗き込む。

「ひょっとして繭ちゃん、俺の名前、憶えてない？」

ずばり言い当てられて、耳が熱くなった。

「すみません……」

「いいって。お互い様だから。俺は研司(けんじ)。立川(たちかわ)研司」

「あ、はい」

なにが「あ、はい」なのか繭自身にも分からないが、とにかく相手の名前は分かった。あんたは口が重いね、と昔祖母に言われたことがある。昔から思っていることに言葉が追いつかない。そのわりに顔には出てしまう。

「それで、今日はどうしたの。富士子(ふじこ)さんのとこ？」

富士子というのは祖母の名前だ。江ノ島で生まれ育ち、最期までここから離れなかった。亡くなったのは去年の秋だ。検診で肺がんが見つかった時にはもう手遅れだった。

「残ったものを整理することになっていて……あの、うちの母、通りませんでした？」

母は一人娘で、祖父は何十年も前に亡くなっている。繭たちの他に近い親戚はいない。

「俺は見てないな。まあ、ずっと品物の入れ替えやってたから、気が付かなかっただけかも」

変だな、と繭は思った。先に行って整理しているから、繭はゆっくり来ていいわよと自信満々に電話で話していたのだが。他に祖母の家へ行く道はないし、通りかかったらこの人に挨拶ぐらいしていきそうなものだ。

「なに、今日は桂木先生も来るんだ。忙しいんじゃないの？　これで」

と、なにかを書くしぐさをする。繭の胸がちくりと痛んだ。

「こないだやっと買ったよ。何年か前に出た有名なやつ。ユリシーズの……なんだっけ。

面白かったけど……」

「ありがとうございます」

大きな声で礼を言い、続きを遮った。

「忙しいのは忙しいんですけど……もう来てるはずなんですよね。来てなかったらどうしようかな。鍵、母しか持ってないから」

不自然な早口になったが、話題を逸らしたことには気付かれなかったようだった。

「大丈夫。あそこの管理人、裏口の鍵はわざと開けてるから」

繭は目を丸くした。

「あの、管理人って？」

そんな人がいるなんて初耳だった。母からも聞いていない。

「あれっ、知らなかった？　入院する少し前、すぐそこにある旅館で働いてる人に、富士子さんが頼んでったんだ。自分が退院するか……死んで処分されるまで、写真館をきちんと管理しておいてくれって」

死んで処分されるまで、という表現が祖母らしいと思った。言いにくいことでもはっきり言う人だった。自分の死も覚悟して、細かいところまで手配していたのだ。

「きれいにしてあるよ、あの家。富士子さんが住んでた頃みたいに」

祖母の近所付き合いが深いことは知っていた。長年この島に住み続けていたのだから当然だ。それでも、残った家を管理してくれる人がいるとは思わなかった。

いっそのこと、遺品の整理もやってくれればよかったのに。

祖母が大好きだし、しょっちゅう連絡も取り合っていた。それでも住まいには行きたくない。葬式の時も斎場に詰めていて、まったく近づかなかった。例外は今日と明日だけ

——後は取り壊されるまで、江ノ島には来ないつもりだった。

あの家には見たくないものが多い。

「それにしても繭ちゃん、雰囲気変わったな。大人っぽくなった」

「……ありがとうございます」

繭は貝細工の土産物が並べられたショーウィンドウに横目を走らせる。白いダウンコートとジーンズとスニーカー姿の自分が映っている。無駄に背が高く痩せているので、首から下は性別がはっきりしない。首から上もまともに化粧をしていないし、セミロングの髪

は美容院に行くのをサボった結果だ。先週、前髪だけ工作用のはさみで切った。

大人っぽくなったと言われることはあっても、きれいになったと言われたことはない。

「それにほら、前は首からぶら下げてたじゃん。ごつい一眼レフのカメラ。今日は持ってないんだ」

研司は両手で見えないカメラを作る。うまく切り返せずに、繭はただ黙っていた。カメラにはもう四年近く触れていない。

「……裏口の鍵、どうしてかけてないんですか？」

別れ際に尋ねると、研司は白い歯を見せた。

「行けば分かるよ。桂木先生によろしく」


繭は石畳の坂道を上がっていった。島で一番賑わっている仲見世通りだ。昔は土産物屋が多かったが、こうして見ると飲食店が増えている気がする。たこせんべいを売っている店に長い行列ができていた。

店と店の間にある路地に入ると、とたんに喧騒が遠ざかる。人がすれ違うのもやっとの道幅だ。

側溝に沿って親子らしい猫たちがのんびり歩いてくる。この島には猫が多い。ほとんどはよそから来た人間に捨てられて、島の人たちが世話している。観光客に慣れているせいか、繭が近づいても逃げ出さなかった。

しばらく進むと、降りていく石段の手前で視界が開けた。

そこは人気のない小さな入り江だ。さざめく波のはるか先、箱根の山々を越えた向こうに、雪を頂いた富士山が浮かんでいた。あまり知られていないが、江ノ島からは富士山がよく見える。海と箱根と富士山を同時に眺められる場所は滅多にない。

繭の立っている右手に、間口の狭い二階建てがある。通りに面した壁だけがコンクリートで、それ以外は古びた木造だった。大きな引き戸とモダンな丸窓の間に、潮風で黒ずんだ木の看板がかかっている。


「江ノ島西浦写真館」


ここは百年間営業していた写真館だ。繭の祖母、西浦富士子が最後の館主だった。

ずっと江ノ島に来る観光客の記念写真を撮り続けてきた。誰もがカメラを持つ時代になってからは、客が持ちこんだフィルムの現像とプリントを主な仕事にしていた。

人々の持つカメラがデジタルになり、携帯のカメラが高性能になるにつれて、現像の仕事も少なくなっていった。昔は江ノ島にもたくさんの写真館があったそうだが、今はもうほとんど残っていないらしい。

ガラス窓の向こうは薄暗く、人の気配はない。引き戸にも鍵がかかったままだ。やはり母はまだ来ていなかった。

どうしたんだろうと繭が首をかしげていると、計ったようなタイミングで着メロが鳴り始める。取り出したスマホに表示されている名前は桂木奈々美。繭の母だった。

通話ボタンを押して、息を吸いこんだ途端、

『もう、待ち合わせの時間よね？』

いかにも眠そうな、鼻にかかった声に先を越された。電話の向こうは静かで、屋外にいるわけではなさそうだ。嫌な予感がした。

「そうだけど、どこにいるの？　わたし、もうお祖母ちゃんの家まで来てるよ」

沈黙が流れる。かすかに布ずれと、規則正しい息づかいが聞こえてきた。

寝落ちしてる、と直感した。母が今いるのは横浜にある仕事場のタワーマンションだ。まだ仮眠用のベッドの中にいる。

「母さん、起きて！」

『ああ、ごめんね、繭……明け方に原稿終わったばっかりで。ちょっと一休みしたら、行

くつもりだったんだけど……』

藺の母、桂木奈々美は小説家だ。デビュー作は少女向けのライトノベルだったが、長編のサスペンス小説が大ヒットしてベストセラー作家になった。他にも凶悪犯を文字通り地の果てまで追い詰めたり、熱烈に愛を語り合ったり、恐ろしい怪物と血みどろで戦ったり、どのジャンルを書いても大袈裟でくどかったが、力強く分かりやすくもあった。

昔からどこへ行っても「桂木先生」の娘だと言われ続けてきた。反発した時期もあったし、鼻を高くしていた時期もあった。大学を出て独り立ちした今は、そのどちらでもない。ただ静かに距離を置いていたかった。

「それで、何時頃こっちに来れるの？」

藺は辛抱強く尋ねる。自分のペースを崩さない、はっきり言えばわがままな母が、周囲を振り回すのはいつものことだ。いちいち怒っていたら身が持たない。

「母さんが来ないと始まらないんだけど」

『わたし、行けなくなった。藺、一人でやって』

「えっ……」

頭の中が真っ白になった。

『ホラーの中編の締め切りが近かったのを思い出したのよ。アイディアはあるんだけど、これから取りかかるから……』

約束を破ったくせに、母の声は妙に力強い。原稿を書くと言えばすべてが許されると信じきっているのだ。とにかく落ち着こう、冷静になろう、と繭は自分に言い聞かせる。

「……あの、この土日でお祖母ちゃんのものを整理するって言ってたよね。処分するものと、うちで引き取るものを分けるって……わたしじゃ判断できない」

亡くなる直前、祖母はこの家の処分を繭の母と話し合い、きちんとした遺言状も作っていた。建物ごと不動産会社に売り、代金はすべて寄付することになっている。全面的にリフォームしてカフェを開きたいという買い手もすでにいるらしい。中にあるものをどう処分すればいいか、詳しいことを知っているのは母だけだ。

『そんなに難しく考えなくていいの。家の中を片付けて、うちで取っておいた方がよさそうなものを段ボール箱に入れてくれれば。あと、ご近所からお借りしてるものが出てきたら、必ずお返ししておいて。それだけで十分』

それだけで十分に大変な作業になりそうだ。土日だけで終わるんだろうか。

『代わりにお父さんに行ってもらおうかと思ったんだけど、水曜まで上海に出張してるのよね。よその人に手伝ってもらうわけにもいかないし』

よその人、という言葉が、研司から聞いたばかりの話をたぐり寄せてきた。

「そういえば、管理人さんがいるって聞いたけど」

『ああ、そうなのよ。お祖母ちゃんに以前世話になった人だとかで。なにか分からないことがあったら、その人に訊いてね』

会話を続けながら、いつのまにか繭は海に気を取られていた。防波堤の先端にぽつんと人が立っている。

(あんなところに……)

すらりとした長身の男で、繭に背を向けたまま富士山を眺めている。スポーツ選手のように短く刈られた黒い髪。後ろ姿だけのせいか、年齢はよく分からない。繭と同年代にも、ずっと年上にも思える。薄手の黒いトレンチコートの裾が強い風に煽(あお)られて、旗のようになびいていた。不安定な姿から目を離すことができない。

突然、胸がざわめいた。

この光景を切り取って、なにかに留めておけたら。

一枚の四角い平面の中に。

もし、ここに、カメラが——。

はっとわれに返る。苦い後味が口の中に広がった。こんなことを考えてはいけない。

『よろしく頼むわね。なにか分からないことがあったら、連絡して』

いつのまにか話は終わりかけていた。

「ちょっと、母さん、待って……」

例によって言葉が追いつかない。わたわたしているうちに、

『それじゃ、またね』

と、通話を切られてしまった。繭はため息をついてスマホをしまう。母が来られないなら、自分一人でやるしかない。

防波堤に目を戻す。さっきの男は幻のように消え失せている。海に落ちた——いや、あのあたりは大人なら十分に足がつく。きっと防波堤の向こうにある岩場に下りたのだ。

(でも、なにをしているんだろう)

この入り江は観光客もほとんど来ない。眺めはいいが、特に珍しいものがあるわけでもなかった。さっきの光景が瞼の裏に焼きついて、残像のように尾を引いていた。

表口から入れなかったので、写真館の裏側に回った。傾斜地にあるせいか、敷地の奥には岩肌が垂直にそびえ立っている。裏口の引き戸にはほとんど日の光が当たっていない。

研司の言ったとおり、鍵は開いていた。というより、引き戸そのものが細めに開いている。おそるおそる引き戸の隙間を広げた。長い年月で染みついたタバコの匂いが漂ってく

る。昔となにも変わらなかった。今にも祖母がひょっこり顔を出しそうだ。

　涼しげな音色がして、見慣れた廊下の奥から小さなものが近づいてくる。白い猫だった。鈴のついた赤い首輪を巻いている。飼い主のいない島猫ではなく、この家の猫のようだ。

（猫、飼ってたんだ）

　祖母が猫を好きだった記憶はない。繭が遊びに来ていた頃はいなかった。きっとこの数年で飼い始めたのだ。心境の変化でもあったのだろうか。

　知らない人間が現れたせいか、猫はぴたりと足を止めた。見開かれた瞳には警戒の色がある。繭が建物に入ると、逃げていってしまった。

　引き戸が開いているのは、自由に出入りできるようにだろう。管理人がエサの世話もしているようだ。この建物が人手に渡った後、猫がどうなるのか気になる。祖母のことだから、きちんと手配していったと思うけれど。

　廊下に上がった繭は、部屋を一つずつ確かめていく。どこもきれいに片付いているが、まだ人の住んでいる気配がする。昔は一階に西浦家の人たちが暮らし、二階には住み込みの従業員が寝起きしていたという。最後は祖母しか残らなかった。

　台所に入った繭は、空になった猫の食器につまずきかけた。流しの中に場所を移そうとして、繭ははっと息を呑んだ。まだ洗っていない一人分の茶碗や箸が水を張った洗い桶に浮かんでいる。大きさからいって男ものだった。

（えっ？）

流しの横に並んでいる蓋付きのごみ箱を次々と開ける。ウーロン茶の空のペットボトル、ポテトチップスの空袋、猫用シャンプーの容器、梅酒の小瓶、適当に口を縛った野菜くずのビニール袋などなど、各種のごみがきちんと分別されている。気配を感じたのは錯覚ではなかった。どう見てもこの写真館には誰かがまだ住んでいるのだ。それもたぶん、男性が一人で。

表の戸が音を立てて揺れた。廊下の突き当たりにある土間に下りると、四角いフレームのメガネをかけ、きっちり前髪を上げた細身の中年男性がガラス戸の向こうに立っている。顔だけ見るとスーツが似合いそうだが、実際着ているのは紺色の作務衣（さむえ）だった。

繭が内側から錠を上げる前に、彼はポケットから鍵を出してガラス戸を開けた。潮混じりの冷たい風が裏口へ吹き抜けていく。レンズの奥で三白眼が繭を値踏みするように動いた。

「わ、わたし、桂木繭です……西浦富士子はわたしの祖母で、ここへは遺品の整理に……」

名前を告げた途端、男の目が和んだ。顔立ちまで柔らかくなった気がする。

「存じてます。お通夜でお目にかかりました。わたしは滋田です。この建物の管理や、残ったものの世話を富士子さんから任されています」

さっき研司の言っていた管理人だ。そういえば顔には見覚えがある。通夜の時、斎場で繭たちに誰よりも丁重な悔やみを述べていた。

「その節はありがとうございました……あの、ここに住んでらっしゃるんですか？」

滋田は驚いたように目を見開く。

「……もうお気づきなんですね。富士子さんの許可を得て、わたしが二階に住んでいます。その方が管理も楽ですし……もちろん建物の引き渡しが決まれば出て行きますが」

てきぱきと説明を並べる。祖母の信頼を得て管理を任されたのだろうが、正直言って気味が悪かった。よく知らない男性がいる家で、遺品を整理しなければならない。後でもう一度詳しく母に事情を訊こうと思った。

「わたしは日中すぐそこの旅館で働いています。遺品の整理はわたしが不在の間にお願いできますか」

「は、はい」

胸のつかえが少し取れた。顔を合わせずに済むならありがたい。

「わたしは毎日朝の八時半に出勤して、夜の九時過ぎに戻ってきます。合間にこうしてちょくちょく様子を見に来ることにしていますが……なにか分からないことがあったら、携帯に連絡してください」

滋田はそう言いながら、ポケットから出した手帳の新しいページに数字を書き込んでいく。それを破って繭に手渡した。

「二階の奥にある従業員用の部屋には、わたしの私物しかありません。できるだけ足を踏み入れないようお願いいたします」

慣れた物腰で会釈し、去っていった。職場では接客もこなしているのかもしれない。日本旅館よりは外資系のホテルが似合いそうだった。

ふと、高いところからかすかな鳴き声が聞こえる。土間から二階へ上がる階段の途中に、さっきの白い猫がいた。繭の視線に気付くと同時に、身を翻(ひるがえ)してしまう。

二階から鈴の音が響いてきた。階段の手すりをつかんで、繭は天井を見つめる。この家全体を整理する以上、二階を避けることはできない。

仕方なく覚悟を決めた。ぎしぎし音を立てる段板を踏んで二階へ上がっていく。

視界が開けた瞬間、きつく唇を噛みしめる。三脚に支えられた一眼レフのカメラが、部屋の中心で人間のようにのっそり立っていた。目にしたくなかったのはカメラだ。しかし、ここでは逃げられない。観念するしかなかった。

二階は写真館のスタジオだった。江ノ島の風景が描かれたスクリーンが奥の壁一面を覆っている。

記念写真を撮りに来た客は、玄関からここへ上がり、スクリーンの前で撮影をしてもらっていた。二階にスタジオがあるのは、明るいライトが高価だった時代に少しでも多くの外光を取り入れるためだ。今は壁の片側も天井も塞がっているが、昔は左右の壁に大きな窓があり、天窓まであったと祖母から聞いたことがある。

カメラを避けてスタジオの隅へ向かう。少し気分は落ち着いていた。早く立ち去りたい気持ちに変わりはなかったが、心地よい懐かしさもそこに入り混じっている。

古びた棚の前で立ち止まる。撮影用の小道具や予備のカメラなど、祖母が仕事で使っていたものが整然と並べられている。

たぶんすべて処分することになるだろう。使う者は誰もいなくなったのだから。

ふと、大きな四角い缶の上に、置かれているものが目に入った。

「……まだ、あったんだ。これ」

それは古いモノクロ写真だった。男物のような黒いシャツを着た白髪交じりの女が、窓枠に背を預けてタバコをくわえていた。背後から降り注ぐ光に顔の輪郭が溶けて、足下の床には濃い影が伸びていた。短い髪はどこか中性的だが、切れ長の目や細い鼻筋は美しかった。若い頃はもっと美しかっただろう。

　十数年前の西浦富士子だった。周囲がどんなに注意しても、最後の入院までタバコを手放せなかった。

「あんたは口が重いね」

　子供だった繭にそう言った時も、こんな風にタバコを吸っていた。場所はこのスタジオだ。締め切りに追われていた桂木奈々美が、娘をここに預けていった初めての夏だった。

　あの夏、繭は祖母とほとんど初対面だった。

　その直前まで桂木奈々美が実家と絶縁していたからだ。十代だった繭の母は小説家になると宣言し、厳格な祖父と対立して家を飛び出してしまった。そして本当にデビューして結婚し、娘の繭を産んだ。頑(かたく)なな態度を崩さなかった祖父は病気で他界してしまい、もともと娘のすることに賛成も反対もしていなかった祖母と和解したのだ。

　写真館に着いて早々、繭は言われるままにスタジオの掃除を手伝ったが、話しかけられてもまともに受け答えができなかった。開いた窓を背にして一休みしている時、祖母が口にしたのが例の言葉だった。ただ欠点を指摘したわけではない。あの言葉には続きがある。

「でも、あんたは気が利くよ。細かいところにも注意が行き届いてるし、一度見たものをちゃんと憶えられる。たぶん、目の感覚が鋭いんだね」

そんな風に大人から評価されたのは初めてだった。沢山の人たちに「先生」と呼ばれている母とは違って、自分にはなにも取り柄がないと思い込んでいた。

ふわりと胸が浮き立つような喜びを、今でも鮮やかに憶えている。この瞬間を切り取って、どこかに留めておきたいと感じたことも。

まるでその思いに応えたように、祖母は古い一眼レフのフィルムカメラを手渡してきた。他のものよりは小さめだが、繭の手にはずっしりと重く、ざらざらしたボディの感触は心地よかった。

「それはあたしの私物だから、仕事では使ってないんだ。今日一日、島の中を好きなように撮影しておいで。現像してあげるから」

カメラに触れるのは生まれて初めてだった。撮影、という言葉の響きに戸惑っていると、祖母の目がきらりと輝いた。

「上手にやれば、自分が見たきれいなものを、そのまま残しておけるんだ。面白そうだと思わないかい？」

無言のまま繭はうなずく。とても面白そうだ。祖母は立て板に水で説明し始めた。感度、絞り、シャッタースピード、ピント。九割方理解できなかったし、その一日に撮った写真はどれもひどいものだった。

「まあ、こんなもんだね」

プリントされた写真を見ながら、祖母はからっとした声で言った。

「よかったら、明日もやってみな」

それからフィルムカメラを抱えて江ノ島を駆け回る日々が始まった。祖母のアドバイスを受け、少しずつ操作に慣れていった。本当は現像もやってみたかったが、それは駄目だと言われてしまった。昔から西浦写真館では、仕事用の機材を使っていいのは従業員だけという決まりがあるらしい。

江ノ島から帰る日の朝、最後に撮ったのがこの祖母のポートレイトだった。あの夏、まともに撮れたのはこれだけだ。もっと沢山撮りたかったと落ちこんでいると、祖母は繭に使わせてくれていたカメラを首にかけてくれた。

「無期限で貸してあげる。使わなくなったら返すんだよ。それと、なにか撮ったらフィルムを送っておいで。現像とプリントしてあげるから」

そう言って、繭の背負っていたリュックサックにフィルムの箱を詰めてくれた。


あの時貸してもらったカメラは、今は再びこの棚に収まっている。「ＥＭ」のロゴが入ったニコンＥＭ。小型カメラの傑作機。癖はあるけれど、味のあるカメラだ。高校を卒業する前にデジタル一眼レフを買ったが、その後も時々引っ張り出して使っていた。

二度と写真を撮らないと決めた時、ニコンEMを祖母に返却した。もう三年以上も前のことだ。繭の撮った一枚の写真が、思い出したくもない無残な事態を引き起こしてしまった。以来、スマホのカメラにすら一切触れていない。

とにかく、この祖母の写真は自分たちが引き取るべきだろう。きっと母も見たがるはずだ。とりあえずどこかにしまっておこうと、繭は写真の下にあった四角い缶を手に取った。

「未渡し写真」という手書きの紙が蓋に貼り付けてあった。

(未渡し?)

どういう意味だろう。クラシックな布張りの椅子に腰かけて、繭は蓋を開ける。「西浦写真館」と印刷された写真袋がいくつか入っている。それぞれの袋の裏には氏名が「様」つきで記されていた。

ここにあるのは客が注文した写真だ。西浦写真館で記念写真を撮ったのか、フィルムの現像やプリントを依頼したのか、とにかくなにかの事情で引き渡すことができず、そのままこの缶に保管されていたのだ。

「……どうしよう」

繭はつぶやいた。古いものだとしても、そう簡単に処分するわけにはいかないだろう。

一応は客のものだ。ただ、連絡して引き渡すのは相当の手間になる。

とりあえず、一番上にあった写真袋を手に取る。客の名前は「真鳥昌和様」。書かれているのはそれだけで、連絡先はどこにもなかった。

しばらく迷ってから、繭は袋を開けた。なにか手がかりがあるかもしれない。入っているのが本当に写真かどうかも、一応は確かめる必要がある。

入っていたのは数枚の写真とネガフィルムだった。フィルムの方は一つのビニール袋にまとめられている。たぶん「真鳥昌和」は現像済みのフィルムを持ち込んで、プリントだけを頼んだのだろう。大きさの微妙に違う写真が四枚。どの写真にも若い男が一人で写っている。

一枚目はかなり昔のモノクロ写真で、白っぽい和服を着た男が、江ノ島と片瀬海岸を繋ぐ弁天橋の欄干によりかかっている——たぶん、弁天橋だと思う。車も通らない狭さの、すぐに流されそうな粗末な木橋だが。

江ノ島の様子も今とはだいぶ違っている。ほとんどの建物が瓦葺きで、数もだいぶ少ない。そもそも島自体が小さく見える。頂上にそびえている灯台もなかった。きっと百年ぐらい前の写真だ。歴史の教科書にでも出てきそうだった。

他の写真も構図はほとんど同じで、江ノ島をバックに若い男が弁天橋の上にいる。二枚目もモノクロだったが、一枚目に比べると時代はだいぶ後らしい。弁天橋はやや大きなものに架け替えられている。島の建物も増え、建築中らしい灯台も写っていた。

三枚目はカラー写真だった。右下に「1978.7.8」という日付が入っている。ここまで来ると、繭が知っている江ノ島の姿に近い。弁天橋はもっときれいに整備され、隣には今のように車の通れる道路が走っている。一部の店は大きなコンクリートの建物に変わり、灯台もとっくに完成していた。ごつごつした鉄筋の階段がまとわりついている懐かしいデザインだった。

四枚目は現在の江ノ島のようだ。灯台は新しく建て替えられているし、島の入口には大きなスパリゾートもオープンしている。相変わらず、同じ場所で似たような若い男が似たようなポーズで写っている。

それにしても、どういう人たちがどういう理由で撮っていたんだろう。時代が異なり、服装も違うが、四人の男たちは全員長身で髪が短い。くっきりと整った顔立ちで、意志の強そうな黒々とした眉が印象的だ。むしろ違うところを探す方が難しい。全員血が繋がっているにしても、ここまで顔が似るなんて——。

(まるで、同一人物みたい)

冷たいものがじわじわ背中を這い上がってくる。そんな馬鹿なはずはない。よく見ると、どの男にも右の目尻に大きな泣きぼくろがあった。偶然、同じ場所にできることはあるかもしれない。とはいえ、四人はいくらなんでも多すぎる。

四人ではないという可能性はもちろんある。一人の顔を異なる四枚の写真に貼り付けることもできる。アナログカメラの時代に複雑な合成は難しかったが、今はデジタルデータ化してパソコンに取りこめば、加工はかなり自由だ。

それでも、この写真館がそんな仕事を受けたとは思えない。デジカメを使うようになっていた祖母も、画像編集ソフトには最後まで慣れなかった。それにぱっと見たところフィルムと写真の像は変わらない。プリントの前にパソコンで編集された形跡はなかった。

つまり、こんな写真を撮るのは不可能ということだ。

永遠に年を取らない人間でもいない限りは。

「……馬鹿馬鹿しい」

声に出して妙な考えを振り払う。その時、再びどこかで鈴が鳴った。椅子に座ったまま振り返ると、奥の部屋に続く廊下からさっきの猫が顔を出している。繭は可笑(おか)しくなった。近づけば逃げるのに、こっちが動かずにいるとやってくる。

いや、猫が興味を持っているのは繭ではなかった。一階に通じる階段を凝視している。なにかの気配を感じているみたいに。

階段の軋(きし)みが耳を打った。本当に誰かがスタジオに上がってくる。間を置かずに黒いコートを着た長身の男がにゅっと現れた。写真館に入る前、防波堤で見かけたあの男だ。さっきは分からなかったが、繭と年齢は同じぐらいだった。短い髪に整った顔立ち。右の目尻にはくっきりした泣きぼくろがある。

写真の中にいる男そのものだった。

「こちらの写真館、営業しているんですか?」

耳に心地よい、柔らかな声だ。それでいてはっきり聞き取れる。繭は自分が立ち上がっていることに気付いた。胸の鼓動が激しくなっている。

「今は、営業してません。わたしの祖母が経営していたんです、けど……」

動揺しているせいか、いつも以上に口が重くなった。この人は誰なんだろう、どうしてここへ来たんだろう——それも、この写真を見ている時に。

「……去年の十月、亡くなりました……わたしは、遺品を整理しに来たんです。この土日でやらないといけなくて」

しどろもどろの説明を、男はどこかぼんやりした、とらえどころのない表情で聞いている。四枚の奇妙な写真について訊きたかったが、どこからどう質問したらいいか分からない。

「実はですね、以前こちらに注文した写真を受け取りたいんです。たまたま通りかかったら開いているみたいだったので、入ってしまったんですけど……」

「真鳥昌和、さん」

写真袋にあった名前が口からこぼれた。男の目が丸く見開かれる。どうして知っているのかと問いたげだった。

「あの、これ……」

仕方なく例の写真の一枚を見せた。一番古い一枚目の写真だった。いきなり男はぐいと距離を詰めてくる。

「えっ？」

反射的に繭は下がろうとしたが、布張りの椅子に邪魔された。男は目の前で背をかがめて、繭が持っている写真をじっと見つめる。強い視線に焼かれるようで、もぞもぞと背筋が動きそうになった。

「うん、これだ。受け取りたかったのは、この写真です」

男は嬉しそうに言い、ぴんと背筋を伸ばした。やはり距離が近い。

「ぼくは真鳥秋孝(あきたか)。昌和は祖父です」

藺たちは土間に面した一階の和室に下り、座卓を挟んで向かい合った。以前はここが客用の待合室だった。

真鳥秋孝の説明には長い時間がかかった。話そのものは整然としているが、ゆるいテンポで丁寧に喋る。いかにも男らしい外見のわりに、のんびりした性格のようだった。

彼は医大生で藺より一つ年上だという。江ノ島の東町にある別荘に数日前から祖母と一緒に滞在していた。祖父の注文した写真を受け取りたかったが、閉館していたので途方にくれていたそうだ。

「半年前、祖父がこちらに焼き増しをお願いしたんですが、その後脳梗塞を起こして、急に他界してしまいました。注文したのがどの店だったのか、はっきり分からなくて……最近になって、西浦写真館と書かれたメモが見つかったんです」

半年前なら、祖母が入院する直前だ。毎日ではなかったが、体調が優れない中で営業を続けていたはずだ。

「写真、お祖父さんのものだったんですか」

「いや、祖母のです。肌身離さず持ち歩いてるんだけど、だいぶ傷んできてて。祖父が新しいのに替えてあげようとしてたんですよ」

「どうして、この写真館に注文されたんですか」

焼き増しをしてくれる店は他にいくらでもあるはずだ。秋孝は首をかしげた。

「さあ……でも、江ノ島に縁があるせいかなあ。結婚前、祖母は江ノ島に住んでいたんです。祖父と祖母が知り合ったのも江ノ島だそうだし」

「お祖母さんのご出身は、江ノ島なんですか」

「そうじゃないんだけど、実家を飛び出してしまって……この島のどこかで働いていたと言ってました。家族とうまく行ってなかったみたいで。それで、江ノ島に遊びに来てた祖父に一目惚れして、一年後に声をかけたんです」

「一年後？」

藺は驚いた。一目惚れしたのに話したのは一年後？

「人出が多すぎて見失ったみたいですよ。次の年にまたここへ来た祖父を見かけて、江ノ電の駅まで追いかけて告白したたって自慢してました」

かなり情熱的なエピソードだ。例の写真もそういう事情と関係があるのかもしれない。

藺は座卓の上に並べられた写真を見下ろす。この四枚をどうやって撮ったのか、尋ねるなら今だと思った。

「お祖父さん……真鳥昌和さんもここに写ってるんですか？」

「ええ、祖母と付き合い始めた年にデートして撮ったと聞いてます。確か、戦争が終わって四、五年後ぐらいだったとか……あ、この写真です」

彼は二番目に古いモノクロ写真を指差した。建設中の灯台が写っている一枚だ。そして、三枚目の古いカラー写真と、四枚目の新しい写真を順番に示した。

「こっちが父。家族みんなで江ノ島に来た時、わざと古い写真に似せて撮ったそうです。一番新しいのがぼく。去年、祖父と二人で別荘へ来た時に」

やはり血の繋がった人たちだった。思い出の場所で、昔と似たような記念写真を撮っていたわけだ。だとしても、まだ疑問は晴れなかった。

「皆さん……その、すごく似てますね。ほくろの場所とかも、同じだし」

「ああ、父にほくろはないんですよ。祖母が祖父に似せようとして、わざわざメイクの道具で描いたって聞いてます」

藺は思わず顔を上げて、秋孝の目元を見つめた。彼は笑いながら自分のほくろをこすった。

「ぼくのはメイクじゃないですよ」

考えていることを見透かされて恥ずかしかった。この人の場合は本物のほくろらしい。偶然、祖父と孫で場所がかぶったのだろう――いや、かぶっている人物はまだ他にもいる。

「それじゃ、一番古い写真の方はどなたですか？」

木橋の上にいる和服の男にも同じほくろがある。すると、急に秋孝が目を輝かせた。

「そう、この写真」

秋孝は座卓に手を突いて、上半身を乗り出してきた。吸い寄せられそうで、胸がどきどきした。

「……誰なんでしょうか？」

「は？」

と、繭は聞き返した。この人はなにを言ってるんだろう。

「写真の専門家に意見を聞きたかったんですよ。郷土史に詳しい人に見てもらったんだけど、江ノ島の様子からいって撮影されたのは昭和初期らしいんです。ただその時代、真鳥家は女の人ばかりで、ぼくぐらいの年頃の男はいません。親戚に聞いても、こんな人いたはずがないってみんな口を揃えて言うんです」

確かにおかしな話だった。繭は写真に目を近づける。合成でないとするなら、単なる他人のそら似か、それとも――。

(お前の写真に人生を狂わされた)

脳裏をよぎった一文に、繭ははっと体を起こす。つい引きこまれてしまっていた。あの時と同じことがまた起こるかもしれない。二度と写真と関わらないと誓って、この四年間を生きてきたのに。

「わたし、専門家じゃありません……写真館の人間でもないし」

「でも、写真には詳しいですよね。カメラとか、好きなんじゃないですか」

「嫌いです！」

我ながら驚くほど強い拒絶に、秋孝の笑みが萎んだ。

「……ごめんなさい」

初対面の人間にこんな感情をぶつけるなんてどうかしている。すると、秋孝はあたふたと両手を動かした。

「こちらこそ、厚かましくてすいません……でも、ぼくの周りには昔の写真に詳しい人がいないんです。せめて、この写真について気が付いたことだけでも言ってもらえませんか。お願いします」

そう言って、繭よりも深々と頭を下げた。謝った相手からこんな風に頼まれたら、断れそうにない。

「分かりました」

後ろめたさを感じながら答える。ふと、頬に風を受けた気がした。重い扉がかすかに開いた時みたいに。

改めて古い写真を眺める。そういえば、この写真のネガフィルムをまだ確認していなかった。写真袋をひっくり返して、四枚のネガが入った透明なビニール袋を座卓に並べ――

四枚？

「……足りない」

よく見るとネガは三枚しかなかった。どこかで落としたのかと写真袋や缶の中を探ったが、そんなはずはないと気付いた。ネガの入ったビニール袋は、セロハンテープでしっかり封をされている。つまり、写真袋にはもともと入っていなかったということだ。顔から血の気が引いていった。

入口からの光に透かして確認すると、欠けているのはまさに一番古い写真のネガだった。

「この写真のネガがありません」

「えーと……それって、どういうことですか？」

繭は答えに詰まった。もちろん注文を受けた時にネガはあったはずだ。なければプリントはできない。考えられることは一つだった。

「祖母が、入れ忘れたのかも」

最悪の場合、紛失したのかもしれない。あくまでフィルムは客のもので、写真屋はそれを預かっているだけだ。いくら体調が優れなかったとはいえ、仕事に厳しかった祖母がこんなミスをするとは信じられなかった。

「申し訳ありません。後で、必ず捜します」

「え、桂木さんのせいじゃないでしょう。写真はあるし、別にいいですよ……祖母も、気にしないと思う」

そんなはずはない。何十年も大事にしていた写真のネガなのだ。絶対に見つけなければと思った。

（あ……）

そういえば、この写真が撮られた事情をちゃんと説明できる人がいる。どうして今まで気付かなかったんだろう。

「真鳥さんのお祖母さんがお持ちだった写真ですよね。ここに写っている人のことも、ご存じなんじゃないですか」

当然持ち主なら知っているはずだ。しかし、秋孝は困ったように眉を寄せた。

「実は昨日、祖母とその話をしたんですよ。別荘へは一緒に来ているので……でも、よく分かりませんでした。知っているのか、知らないのか、どっちにしても……」

繭は話の続きを待ったが、いつまで経(た)っても秋孝は黙ったままだった。

「あの、どういう……」

仕方なく質問を口にしかけた時、小柄な年配の女性が写真館に入ってきた。白髪はきれいにセットされていて、カシミアらしいベージュのセーターの上に、あざやかな朱色のストールを羽織っている。品は良さそうだが、つるつるした素材の防寒用パンツをはいているのが気になった。それに、この寒い中でコートを着ていない。

彼女は懐かしげに目を細めて、広い土間を見回した。繭が立ち上がるよりも早く、秋孝が開いたガラス障子から土間に飛び降りた。

「祖母です」

横を通りすぎる時、小声で繭に囁（ささや）いた。たった今話題にしていた人だった。

「どうしたんですか、一人で。瀬野（せの）さんは？」

秋孝に話しかけられると、彼女は外の方を指差した。

「そこの海岸まで散歩に来たのだけれど、あんまり懐かしいお宅があったから、ついお邪魔してしまったの」

孫に似た優しい声だ。そういえば、この人も江ノ島に住んでいたとさっき聞いた。西浦写真館も当然知っているだろう。五十年前からこの建物はなにも変わっていない。

「こんにちは……初めまして」

繭が声をかけると、老女は丁寧にお辞儀を返してきた。

「こんにちは。あなた、今こちらで働いてらっしゃる方？」

「いえ、わたしは違います。西浦富士子の……」

「富士子お姉さん！」

秋孝の祖母は嬉しそうにぽんと両手を合わせた。

「もう長いことお会いしてないわ。すっかりご無沙汰してしまって……二階のスタジオにいらっしゃるの？」

と、階段に目を向ける。繭は返事に困った。昔は小さな島の中で、女同士親しくしていたのだろう。見たところ、繭の祖母とは同年代だ。

「……西浦富士子は、他界しました」

そう告げた途端、老女の顔からするりと表情が抜け落ちた。色々訊かれるだろうと身構えたが、いつまで経っても沈黙が続くだけだった。

その代わり、壁に飾られたモノクロのサンプル写真をぼんやり眺めている。島の奥にある岩屋を背景に、スーツを着こんだ大昔のカップルが写っていた。誰なのかまったく分からない。別に珍しくもない、ありふれた記念写真だ。この写真館には膨大な古い写真が保存されている。見本として展示するために、客や知り合いから許可を貰って写真を焼き増ししていたのだ。

ふと、彼女は自分の孫に目を移した。

「昌和さんは、こちらでなにをしているの？」

繭は自分の耳を疑った。どうして夫の名前で呼ぶんだろう。しかし、祖父の名前で呼びかけられた秋孝は、顔色一つ変えなかった。

「例の写真があるでしょう。ずっと持ち歩いている……だいぶ見づらくなっていたから、新しく焼き増しをお願いしていたんです」

「あら、そうなの。写真のことなら、こちらにお願いするのが一番よ。富士子お姉さんの腕は確かだから」

二階を見上げながら言う。たった今他界したと聞いたばかりなのに、憶えていないのだ。

繭にも事情が呑み込めてきた。たぶん、この女性は認知症だ。それもかなり進行している。例の写真について知っているのかどうか、秋孝が言葉を濁したのもそのせいだろう。

軽く肩を叩かれる。振り返ると、影がかかるほどの至近距離に彼の顔があった。

「ちょっと家政婦さんに電話します。たぶん祖母を捜しているはずだから……少しの間、祖母の話し相手をお願いします」

「えっ」

戸惑っているうちに、スマホを手に出て行ってしまう。話し相手と言われても、なにを話せばいいのかまったく見当がつかない。とりあえず、土間と待合室を仕切っている框に、二人並んで腰を下ろした。

老女は無邪気に笑いかけてくる。繭も釣り込まれてぎこちなく笑顔を返す。不思議と少し緊張がほぐれた。

「そうだわ。写真、見せてあげる」

返事を待たずに、しわくちゃの写真をポケットから取り出し、次々と框の上に並べる。さっきまで繭たちが目にしていたものと同じ四枚だった。直に持ち歩いているせいか、どれがどの写真かすぐには区別がつきにくいほど傷んでいる。彼女の夫が焼き増しを頼んだのもうなずけた。

「よく撮れているでしょ」

誇らしげに彼女は言う。子供っぽい口調が微笑ましい。

「ええ……そうですね」

お世辞ではなかった。奥に向かって橋が伸びていく構図は気持ちいいし、どの写真も人物の顔がきれいに写っている。

「……とても大事な写真なのよ」

繭は秋孝が写っている、一番新しい一枚を見下ろす。去年撮影されたというのにぼろぼろだ。持ち歩くようになったのは認知症になってからだろう。写真は他にもあるはずだが、この四枚を選んだのは本人の言うとおり大事だからに違いない。

「あの、こちらの方は、どなたですか？」

昭和初期に撮影されたらしい、一番古い写真を指差した。

「昌和さんよ。わたしの主人」

彼女は即答した——いや、この写真が撮られた時期、彼女の夫はまだ生まれていないか、せいぜい赤ん坊のはずだ。どういうことか考えていると、彼女は他の三枚にも次々と指先を置いた。

「他の写真も、全部昌和さん」

写っている人物の区別がついていないらしい。繭は別の質問をすることにした。

「どなたが撮影されたんですか？」

もちろんシャッターを切った人間がいるはずだ。それを聞けばなにか分かるかもしれない。今度は少し答えが返ってくるまで時間がかかった。彼女は一番新しい、秋孝の写った一枚を他の写真から少し遠ざけた。

「この写真は知らないわ」

知らなくても不思議はない。彼は「祖父と二人で別荘へ来た時に」撮ったと言っていた。

この女性はいなかったということだ。

「他の三枚は、全部わたし。わたしが撮影したの」

撮影時期がまったく違う。残る三枚を「全部」撮影するのは無理だろう。繭は一番古い写真を手に取って老女に見せる。

「この写真もですか？」

「そうよ、これもわたし」

彼女は自信たっぷりに答える。昭和初期に撮影されたというのが本当なら、この人が生まれる前のはずだが。

子供のように唇を尖らせて、写真にふっと息を吹きかける。意味がよく分からないまま、

「こんな風にして、撮影したのよ」

繭は曖昧にうなずいた。

そこへ秋孝が写真館へ戻ってきた。髪をきつく結んだ、化粧気のない中年女性が一緒だった。秋孝の祖母に気付くと、ほっとしたように駆け寄ってくる。この人が家政婦のようだ。抱えてきたコートを着せて、繭と秋孝に何度も頭を下げた。

「宅配便の荷物を受け取っている間に、裏口からお出かけになってしまって……申し訳ありません。今後は気を付けます」

深々と頭を下げて、老女の丸まった背中を抱くようにして帰っていった。秋孝の祖母は何度も繭に手を振ってくれた。見送っていた繭も小さく手を振り返す。

「すいません、相手をさせてしまって」

写真館の中に戻りながら秋孝は言った。

「楽しかったです。写真の話を伺ったり……」

「なにか言ってました？」

「一番古い写真も、ご自分で撮影したっておっしゃってました」

「それ、ぼくにも言ってました。そんなはず、ないんだけど」

確かにそんなはずはない。でも、百年近く前の写真にうつっていた、この人と同じ顔の男性が結局誰なのか、どうやってどんな目的で撮影したのかは謎のままだ。

「真鳥さんは、どうしてあの写真のことを知りたいんですか」

さっきから頭にあった疑問を口にする。深い意図はなかったが、彼の顔はにわかに引き締まった。自分の胸の内を深く探るように、沈んだ目を空中に向けている。

「祖父と祖母のこと、意外とよく分からないんですよね」

硬い表情に似合わない、柔らかな声だった。

「祖父は亡くなったし、祖母もああいう状態だから、話してくれる人がいなくて。例えば家族に対して、どんな気持ちを持ってたのか……あの写真が、手がかりになるんじゃないかって」

なんとなく分かる。繭の撮った祖母の写真は、自分たち二人の関係を少しだけ表している気がする。赤の他人があの写真を見ても、なにかを感じるかもしれない。

「写真って、過去の瞬間を切り取るものじゃないですか。誰かが死んでも、その人の写真はずっと後まで残るでしょう?」

(上手にやれば、自分が見たきれいなものを、そのまま残しておけるんだ)

祖母の声が蘇(よみがえ)った。あの時の言葉に少し似ている。

「桂木さんこそ、どうしてぼくに付き合ってくれるんですか。写真館の人ではないんですよね」

繭は答えられなかった。ネガをなくしたお詫びにとか、あなたみたいな男の人に頼まれたからとか、思いつく理由はどれもしっくりこない。口が重いからではなく、出ていない答えを口に出せないだけだ。

「あ……」

土間から上がろうとした繭は、あるものに目を留めた。くしゃくしゃになった写真が、框に並んだままになっている。皺を伸ばしながら一枚ずつ拾い上げる。

「忘れていったんだな。ずっと持ち歩いているわりには、よくやるんですよ」

「届けた方がいいんじゃないですか」

写真を見せてくれた時の彼女は嬉しそうだった。この写真を大事にしていることは間違いない。なくなったことに気付いたらショックを受けるだろう。

「そうですね。ちょっと、走って行ってきます」

秋孝に写真を渡そうとして、ふと繭は妙なことに気付いた。写真の裏側に手書きの文字があった。

「なんだろう。初めて見る……でも、祖母の字ですね」

彼も目を丸くしている。万年筆で書かれたらしい、きれいな女文字だ。長い年月が経っているのか、青いインクの色が抜けかかっている。

1949/8/ 7　焼付
1949/8/11　撮影
1949/8/12　現像、焼付

撮影した日や現像に出した日をわざわざメモしているらしい。ひっくり返して表を見ると、例の一番古い写真だった。この書き込みを信じるなら、一九四九年に撮影されたことになる。

「一九四九年っていうと……昭和二十四年かな。昭和初期の風景って聞いてたけどなあ……」

秋孝は納得がいっていないようだ。繭も同じ気持ちだった。他の写真とは雰囲気が違いすぎる。男が着ているのも和服だ。

繭は二番目に古い、真鳥昌和の写真の裏も確かめてみる。裏にはやはり同じような万年筆の文字があった。

1950/10/22　撮影
1950/10/23　現像、焼付

「さっきの写真と、あまり時期が離れてないですね」

秋孝はつぶやいた。ほんの一年しか経っていないはずなのに、写真の風景はがらりと変わっている。橋や電柱は建て替えられているし、島の中の建物も増えている。明らかに一枚目の日付がおかしい。もっと昔のはずだ。

秋孝の父が写っている、三枚目のカラー写真もめくってみる。

1978/7/ 8　撮影
1978/7/12　現像、焼付（注文日）

撮影日は写真に表示されている日付と一致する。ということは、正確な日付なのだろう。注文日、というのは現像に出した日に違いない。一番新しい秋孝の写真に日付は書かれていなかった。きっとあの女性が撮影したものではないからだ。

三枚を自分が撮影したという話は、この書き込みでも裏付けられている。記憶が曖昧になっているにしても、あの女性はかなり事実を語っていたんじゃないだろうか。

（こんな風にして、撮影したのよ）

あっ、と繭は声を上げた。もう一度、最初に見た古い写真を手に取って、裏の日付を確認する。やっぱりそうだった。急にすっきりと視界が開けた気がする。海の向こうに富士山が見えた時みたいに。

この写真のネガがなかったのも、この日付の矛盾も、すべて説明がつく。

「なにか分かったんですか」

秋孝の質問に、繭はうなずいた。

「まず、写真を届けて差し上げてください……後で、全部話します」


三十分後、繭と秋孝は再び元待合室の和室で向かい合っていた。

「それで……どういうことが分かったんです？」

口火を切ったのは秋孝だった。印象的な黒い瞳を輝かせて、うずうずしている様子だった。こんな風に期待されると不安になるが、もう後には引けない。

「例の一番古い写真に書かれていた、日付のことですけど……」

繭は座卓に置かれたメモを見下ろす。秋孝がここを出る前、三枚の写真の裏にあった日付をすべて書き写したものだった。半年前、真鳥昌和の依頼で新たにプリントされた写真とネガも、メモのそばに並べられている。一緒に届けてもらうこともできたが、話に必要なのでそのままにしてもらった。

「最初の行が『1949/8/ 7　焼付』ですよね。これ、ちょっと変なんです」

「……どういうことですか」

と、秋孝が首をかしげる。

「焼き付けというのは、現像されたフィルムから印画紙に像を焼き付ける……プリントと同じ意味です。撮影された後に現像されてネガフィルムになり、それを元にプリントされるのが普通の手順です。それなのに、この写真は八月七日にプリントされて、十一日に撮影、十二日に現像されているんです」

「順番、入れ替わってるんですね」

「いいえ、ただ入れ替わっているわけではなくて……現像された十二日に、さらに焼き付けされています。最初と最後に二度行われているんです」

頭の中で整理しながら、繭は慎重に説明を続ける。秋孝は腕を組んで考え込んでいたが、やがて諦めたように息をついた。

「よく分からないな。プリントするには現像されたフィルムが必要なんですよね。八月七日の一回目は、どこからフィルムを持ってきたんだろう」

「もともと存在していたフィルムから、プリントしたとしか考えられません。この写真館には大量の写真がありますから……その中からフィルムを選んだんでしょう」

今、土間に飾られているサンプル写真もそういう一枚だった。百年前から営業していたから、一九四九年にもかなり多くのフィルムがあったはずだ。

「じゃ、この古い写真はこちらにあったフィルムからプリントしたものってことですか」

「元になった写真は、そうだと思います。今ここにあるものとは、少し違っていると思います……人物の顔が修整されているはずなので」

「修整？」

藺はうなずいた。

「さっき、真鳥さんのお祖母さんはこの写真に息を吹いて、それから撮影したとおっしゃってました。たぶん、エアーブラシのことを話されていたんだと思います。

アナログ写真で顔などを修整する場合、一度プリントされたものにエアーブラシなどで描き込んでいく方法が一般的でした。修整が済んだら、その写真をもう一度カメラで撮影して現像し、できあがったネガフィルムから改めてプリントすることになります。今はスキャンしてデータ化してしまえば、そんな手間は必要ないですけど」

「だから、二回『焼付』をしてるんですね」

「ええ。まったくの他人が撮影された古い写真を修整して、当時の真鳥昌和さんに似せているだけなんです。もちろん、できるだけ容姿の近い人物の写真を選んだはずですが」

藺はそこで一息ついた。秋孝はアーモンド形の目を見開いて、食い入るように例の写真を見つめていた。

「こういう修整って、どの程度顔を変えられるんですか？」

「変えること自体はいくらでもできるでしょうけど……当時の技術ではやりすぎると不自

然になると思います。目の形を変えるとか、しわを取るとか……少し髪形を変えたりする程度が、せいぜいだったんじゃないでしょうか。ほくろをつけることは、できますね」

彼は感じ入ったようにうなずいて、再び顔を上げた。この写真の人物と同じく、目尻にほくろがある。相変わらずそっくり同じものに見えた。この人の場合、修整で描きくわえられたわけではないのだが。

「でも、どうして祖母はこの写真を欲しがったんですか?」

「それは、二枚目の写真……真鳥昌和さんの写真から分かります。この日付ですけど」

藺はメモに書かれている日付を指差した。「1950/10/22　撮影」と「1950/10/23　現像、焼付」。

「真鳥さんのお祖父さんとお祖母さんが付き合い始めた年に撮られた写真でしたよね……それが一九五〇年です。お祖母さんが真鳥昌和さんに一目惚れしたのはその前の年、一九四九年でした……一枚目の写真が作られた年です」

「あ、そうか……一九四九年には、まだ付き合ってなかったんだ」

藺はうなずいた。

「昌和さんを見失ってしまっても忘れられずに、記憶のままに写真を作られたんでしょう。好きになった人の絵を描いて、持っているようなものだったと思います。写真館にあった写真を修整しただけのものだったから、ネガはご自分のものにしなかったんじゃないでしょうか」

あの女性が本当に大事にしている写真は、真鳥昌和を撮った二枚目だ。一枚目と場所が同じなのはもちろんわざとだろう。作り物だった写真を本物に変える――付き合い始めたカップルのささやかなイベントだったに違いない。

秋孝はまだ首をかしげている。

「なるほど……」

口ではそう言っているが、事情を理解しきれていない様子だった。

「でも、変わったことするなあ……わざわざ修整された写真を、こちらに注文して作ってもらったわけですよね。なんでそんなことを思いついたんだろう」

「……あ」

繭の方が慌ててしまった。そういえば、肝心なことを説明し忘れていた。

「真鳥さんのお祖母さんは、西浦写真館に住み込みで働いていらっしゃったんだと思います」

「えっ」

秋孝は絶句している。やはりまったく知らなかったようだ。

「さっき、この写真は自分で撮影したとはっきりおっしゃってました。西浦写真館では、仕事用の機材を使っていいのは従業員だけという決まりがあるんです。写真を修整して、それをまた撮影するのは機材がなければ無理ですから」

彼女は西浦富士子を「お姉さん」と呼んでいた。昔、この職業に就く人間は、どこかの写真館に住み込んで修業するのが一般的だったという。その場合、館主を「先生」と呼び、その息子や娘を「お兄さん」「お姉さん」と呼ぶ習慣があった——祖母からの受け売りだが、さっきまですっかり忘れていた。

「それじゃ、ぼくの祖母もここに住んでいたんですね……」

秋孝がしみじみと言った。

「二階のスタジオの奥に、従業員用の部屋があります。そちらにいらっしゃったんだと思います」

たぶん、秋孝の祖母がこの写真を作った時、祖母は協力しただろう。繭にカメラを貸してくれた時のように、ぶっきらぼうな態度で。そういう人だった。

「こっちの三枚目の写真……ぼくの父の写真から、なにか分かることはありますか」

繭は「1978/7/ 8　撮影」と「1978/7/12　現像、焼付（注文日）」というメモの日付と、古びたカラー写真を見比べる。

「そうですね……この時はもう結婚されて、写真館からも退職されてますから、現像とプリントはどこかの店に頼んでいるはずです……注文日、とわざわざ書かれているのは、たぶんご自分で現像されていた頃と区別をつけるためで……」

秋孝の強い視線を感じる。話を聞いているというよりは、繭をしげしげと眺めているようだ。だんだん顔が熱くなってきた。

「日付の書き方も、時期によってまったく変わっていません……たぶん、もともと几帳面な方で……あの、なんで見てるんですか」

こらえきれなくなって、繭はついに尋ねた。秋孝はわれに返ったように瞬きをする。無意識のうちにやっていたことらしい。

「すいません。なんとなく……とにかく、ありがとうございました。祖父と祖母のこと、色々分かった気がします」

彼は言葉を選ぶように、座卓に置いた両手の指先を合わせる。

「ぼくはこういう妙なことにわりと出会うんだけど、自分で答えに行き着いたことがないんです。でも、桂木さんは違いますね……こういう仕事をしているんですか」

「こういう仕事？」

「なにかの調査員とか」

「えっ、まさか。全然違います！」

驚きのあまり、声が大きくなってしまった。恥ずかしい。

「わたし、普通のＯＬです。会社では経理を」

勤めているのは辻堂の小さな自動車部品メーカーだ。憶えることは多いし、それなりに苦労はあるが、謎めいたことに出会ったりはしない。

「あなたは、鋭い人だと思う……小さなことでも、見逃さない」

繭は動けなくなった。こういう美形の異性から、面と向かってはっきり褒められたのは生まれて初めてだ。ただ、彼の表情や声には、どこか寂しそうな愁いが混じっている。そのことの方が気になった。

なにかを言わなければ、と繭が口を開きかけた時、ちりりと鈴の音が響いた。

土間へ飛び降りた白い猫が、しなやかな足取りで西日の射す路地へ出ていくのが見えた。張り詰めていた空気がどこかへ消えていく。

「今日は、そろそろ帰らないと……この写真、いただいていってもいいですか」

秋孝は写真を示しながら言った。

「ええ、どうぞ……」

長く美しい指が、四枚の写真と三枚のネガを袋に収めるのを、繭は黙って見守っていた。

どことなく現実離れした、不思議な人だ。もう関わることもないだろう。とりあえず連絡先を聞いておくような積極さを繭は持ち合わせていない。

「そういえば、祖母の写真の件とは別なんですけど、ぼくは前にも一度この写真館に来たことがあるんです。大学に入ったばかりの頃、父と二人で記念写真を撮りに」

「そうなんですか」

繭は相づちを打った。その頃なら繭はまだしょっちゅうここへ来ていたはずだ。顔ぐらい合わせているかもしれない。

「夏休みとかですか」

「ゴールデンウィーク、かな……たぶん」

記憶が曖昧なのか、自信がなさそうに答える。ゴールデンウィークなら繭はここに来ていない。

「写真に撮られる時って、変な感じなんですよね。その瞬間の自分が切り取られるみたいで……緊張して、レンズから目が離せなくなるんです。写真館にあるような、立派なカメラだと特に」

カメラを手放す前の自分を思い出して、ずきりと胸が疼(うず)いた。繭には他人の一瞬を切り取ることに熱中していた時期がある。どんな結果を迎えるのか、その頃は考えてもみなかった。

「ここの整理、一人でやるんですか」

「はい。母も来る予定だったんですけど、来られなくなって」

この土日で整理は終わらないだろう。この写真の件にかなり時間を取られてしまった。手伝ってくれる人がいるわけでもない――。

「だったらぼく、手伝いますよ」

「えっ？」

繭は耳を疑った。

「この写真館にはぼくも縁があるし、祖母の写真のことではお世話になったから、そのお礼に……駄目ですか？」

「それは、助かりますけど……」

現金な自分が恥ずかしくなった。さっきの管理人がそばにいると気詰まりだと思っていたのに、同じように赤の他人である秋孝の協力は受け入れている。

「じゃ、よろしくお願いします」

秋孝はまっすぐに手を伸ばしてくる。握手を求められていると気付くまで、少し時間がかかった。

今後は関わらない、という予感は外れた。この人が言うほど鋭くないからだろう。繭はおずおずと大きな手を握る。温かな手だった。

第二話

どう考えても、この週末で遺品の整理は終わらない。

桂木繭が現実を受け入れたのは日曜の昼になる前だった。

昨日から祖母である西浦富士子の家に通って、捨てるものと残すものを分けている。散らかっていなくても古い家には家財が多い。ましてここは江ノ島で百年間も営業していた写真館なのだ。ひとまず入った一階の暗室には、見たこともない道具や機械が積み上がっている。そのたびに作業を中断して、母親の奈々美に電話で確認しなければならなかった。祖母が頼んでいったという管理人に訊くこともできたが、よく知らない人間には頼りにくかった。

「繭の判断で捨てていいから、好きなようにしなさい」と母には何度も言われたが、自分の判断を信じられなかった。一度捨ててしまったものは戻ってこない。好きなようにした結果、繭は過去に取り返しのつかない失敗をしている。

窓のない暗室での作業に疲れて、繭は廊下に出た。置いてあった踏み台に腰かけて、軽くかかとを持ち上げる。冷え切った床板のせいで、タイツに包まれた爪先がこわばっている。アパートで愛用している毛糸の分厚いソックスを持ってくるべきだった。毛玉だらけであまりにもみっともなかったので、迷った末にやめてしまった。この家に来ているのが自分一人だったら、そんな見栄なんか張らなかったのに。

「桂木さん」

のんびりした声で呼ばれて、繭は反射的に立ち上がる。長身の若い男が廊下を歩いてきた。整った顔立ちで髪は短く、右の目元には目立つ泣きぼくろがある。

名前を真鳥秋孝といい、江ノ島にある別荘に祖母と滞在している。彼の祖父が焼き増しを頼んでいた写真がきっかけで出会い、今日は写真館の整理を手伝ってくれていた。

「これ、写真の箱から出てきたんだけど……なんだろう」

そう言って数枚の黒っぽいガラス板を差し出してくる。

「あ、これは……」

繭が受け取ると、それを追うように覗き込んできた。

「……これは、写真のネガです。ガラス乾板(かんぱん)というんですけど」

知っていることを説明し始めると、少し口の回りが良くなった。

「フィルムが普及する前は、ガラス乾板が使われていました。フィルムと同じように、片側の表面に臭化銀(しゅうかぎん)の含まれた乳剤が塗ってあって、そこに像を定着させるんです」

天井からぶら下がった裸電球に、ガラス乾板の一枚を透かしてみる。江ノ島の奥にある岩棚から太平洋をのぞんだ写真だった。空と海が画面のほとんどを占めている。撮影した時はきっと真夏の明るい時間帯だったのだろう。反転したネガは闇夜のように暗く、陰鬱な景色だった。

「本当だ。写真になってる。すごいなあ」

秋孝は声を弾ませた。同じ角度から見たいのか、ぴったり顔を寄せてくる。他人と距離を取る習慣がないらしい。いちいち離れるのも自意識過剰だと思われそうで、落ち着かない気持ちをもてあますしかなかった。

「桂木さん、やっぱりよく知ってますね。そういうことも、お祖母さんから教わったんですか」

「そうじゃなくて、大学の写真学科にいた時、授業で……」

きゅっと口をつぐむ。緊張のあまり余計なことまで喋りすぎた。

「わたしも写真の整理、やりますね」

「こっちはもういいんですか?」

「ええ。これ以上やっても、片付きそうにないし」

ガラス乾板を秋孝の手に押しつけて、廊下を歩き出した。冷たい床板を踏みしめるたびに、両足の感覚がなくなっていく。


土間に面した和室には古い写真が畳一面に広げられていた。写真館のスタジオで撮影された観光客の記念写真、片瀬海岸で江ノ島を背景にした修学旅行の集合写真、その他島内のどこかを収めた風景写真が大量に残されている。

西浦家の人間がうつっている家族写真だけを残して、後は処分するつもりだったが、すぐに考えが甘かったと気付いた。誰が西浦家の人間か、古い写真から判断するのは簡単ではない。いちいち手に取って考え込んでしまうのだ。写真の整理もあまり進みそうになかった。

「専門的に学んでたんですね。写真のこと」

広げられた写真の向こうに座っている秋孝が話しかけてきた。一瞬手が止まったが、すぐに作業を続けた。

「もう、何年も前です」

「この頃ですか？」

視界の外から伸びてきた秋孝の手が、ビニール袋に入った中判（ちゅうばん）のネガを畳に置く。もう少しで悲鳴を上げるところだった。ぱっとつかんで両手の間に挟む。顔からは火を噴きそうなのに、背中には冷や汗をかいている。

ネガにうつっているのは六年前の繭だった。大学の入学式があった日、正門前で撮った写真だ。

ビニールのレインコートとミニのキュロットスカートを身に着けて、不格好なO脚を晒（さら）している。前髪はぱっつりと短く切り、少しでも瞳を目立たせたいのか、妙な色のカラーコンタクトを入れていた。そして、首から提げたデジタル一眼レフを誇らしげに構えている。あの頃、中古で買ったばかりだったニコンD300だ。スーツを着た新入生たちの中で明らかに浮いており、周りから怪訝（けげん）そうに見られていた。

撮影してくれたのは祖母だ。わざわざ江ノ島から足を運んでもらった――自分の姿を写真に残したかった繭が、来て欲しいと頼み込んだのだった。家族に同伴してもらっている新入生は少なかった。

同じタイミングで繭の方もシャッターを切っていた。お互いに撮影し合ったら面白いなどという思いつきを実行したのだ。変なことをするね、と祖母からは呆（あき）れられていた。あの頃は人と違うとか、変だと言われることが嬉しかった。繭の方が撮った写真はどうなったのか思い出せない。他の写真と一緒に捨てたのだろう。

「見られたくないものだったんですね、すいません」

秋孝の声が聞こえる。繭は手を開いて、ちらりとネガを見下ろした。それだけで胃がきりきりする。反転した自分の姿は知らない他人のようだった。

「他人に見られたくないというか、わたし自身が思い出したくないだけなんです。昔の自分が好きじゃなくて……いっそ死んで欲しい、みたいな」

一瞬、秋孝は顔をこわばらせる。変なことを言ってしまったかもしれない。しかし、すぐにとらえどころのない、ほんのりとした笑顔に戻った。

「隣にいる人、知り合いですか」

やっぱり訊かれた。この写真にうつっているのは繭だけではない。隣で地味なメガネと帽子で顔を隠した若い男が、ロングパーカーのポケットに手を突っこんでいる。目立たないように振る舞うのが得意だったけれど、じっくり見れば驚くほどきれいな顔立ちや、きめの細かい肌に気付く人はいたかもしれない。

「……どこかで見たことがあります、その人」

「芸能人でしたから」

「芸能人？」

「わたしの知り合いで……ドラマとかにも出てました。永野琉衣（ながのるい）っていう」

名前を口にするのは久しぶりだった。顔か名前のどちらかは誰でも見覚えがある程度には有名で、「注目の若手俳優」と言われることが多かったと思う。すべて過去形なのは、四年前に姿を消してしまったからだ。

失踪の原因を作ったのは繭の写真だった。その事件以来、繭はカメラに触れるのをやめた。人生は大きく変わり、親しくしていた人たちとはほとんど縁が切れた。振り返りたくない、汚物のような過去だった。

「いえ、そうじゃないんです」

秋孝はきっぱり否定した。

「芸能人だったからじゃなくて……今、思い出しました。その人のうつっている別の写真を、さっき見たばっかりなんです」

「えっ？」

彼は膝立ちになって、茶簞笥の違い棚から大きな缶を下ろしてきた。「未渡し写真」と書かれた紙が蓋に貼られている。中には現像や焼き増しを注文したまま、客が取りに来なかったらしい写真が入っている。秋孝の祖父が注文した写真もここから見つかった。今日、整理が一段落したら、まとめて確認するつもりだった。

「すいません。どうしても気になって、中を覗いてしまいました。これなんですけど……永野さんのうつった写真が入ってます」

店名が印刷された写真袋を取り出して、繭に手渡した。見ろということらしい。永野琉衣の写真が入っていると言われても、まったく理解できなかった。どうしてそんな写真が祖母の家にあるんだろう。誰かがわざわざ西浦写真館にプリントを依頼したんだろうか。

「えっ……」

袋を裏返すと、祖母の字で客の氏名が書かれていた。

繭の唇からかすれた声が洩れた。名前は「高坂晶穂（こうさかあきほ）」——一瞬、頭が真っ白になった。まさかここで目にするなんて。

「知っている人ですか？」

「……大学の、先輩です……同じ写真学科で、仲がよくて」

まさに四年前、繭が縁を切った相手だった。それっきり顔も見ていないし、連絡も取り合っていない。今なにをしているのか、まったく知らないわけではないが。

できればあの過去に関わるものからは目を背けていたい。しかし、事情を知らずに済ませるわけにもいかなかった。袋を開けると、SDカードと一枚の写真が現れる。デジタルカメラで撮影されたものを、祖母がプリントしたらしい。

場所はこの写真館のスタジオだった。床に跪いた琉衣が奇妙な形に指を組んで、両目を隠している。繭はそれが祈りのポーズだと知っている。彼は部屋着のようなジャージを身に着けていた。撮影用の照明を使っているようだ。

「どうして……これ……」

写真の構図にも驚いていた。なにもかもありえない。ますますわけが分からなかった。

「桂木さん」

名前を呼ばれて、繭はわれに返った。

「四年前、なにがあったんですか？」

ぎょっとするほどストレートな質問だった。

「そんなこと、どうして知りたいんですか」

鋭い声で言い返してしまう。

「興味本位ですか？」

口に出したとたん、相手に甘えている気がした。興味本位ではない、もっと真摯な動機からだと否定して欲しがっているみたいだ。しかし、秋孝は生真面目にうなずく。

「……興味はありますよ」

「え……」

「桂木さんの態度がちぐはぐで、昨日から気になっていました。写真にとても詳しいし、話をするのも楽しそうなのに、カメラは嫌いだと言っていたでしょう」

藺の頬が熱くなる。そういえばそんなことも口走っていた。

「不思議な人だと思って。整理を手伝いたくなったのは、それもあったんです」

頭の芯が冷えていくようだった。そういえば、あの件について質問されるのは久しぶりだ。

「琉衣ではなく、わたしに興味を持ったんですか」

「ええ。その永野さん？　のことはよく知らないんです。名前ぐらいで」

本当だろうかと藺は思った。あれだけ大きな騒ぎだったのに。

「なにかあって引退した……みたいな話は聞いたことがあります。ぼくはちょうど医学部の臨床留学で海外にいて、日本のニュースはほとんど見てなかったんです。それに、確かそのすぐ後に震災が起こったでしょう？」

藺はうなずいた。それでみんな琉衣のことなど忘れてしまった。

「話せないと言ったら、どうしますか？」

「このまま作業を続けますよ」

秋孝は整理されていない写真の束を手に取り、仕分けに戻った。

これまでもあの時の出来事について訊かれたことはあった。頼んでもいないのに勢いよく手を差し伸べてくるか、にやにや笑いを押し隠して下品な好奇心を満足させようとしているか——両極端の人たちがほとんどだった。繭は彼らに疲れていた。

この人はそのどちらにも当てはまらない。

「でも、もしぼくでよかったら、聞かせてください」

繭は不思議な感覚をおぼえていた。この人は琉衣とも自分とも親しくない。なんの関係もなかった。むしろ、こういう人になら話せそうな気がした。

それに、もう四年も経っている。

「……かなり、長い話ですけど」

「構いません」

秋孝はうなずく。繭は覚悟を決めた。もう無理だと思ったらいつでもやめられる。きっとこの人は怒らない。繭が話したことだけに、まっさらな気持ちで耳を傾けてくれる。

「琉衣は、わたしの幼馴染みでした」

思った以上にすんなり話を始められた。秋孝は黙って続きを待っている。

「わたしの撮った写真が、琉衣の人生を狂わせたんです」

永野琉衣は特殊な生い立ちと、他の子供たちとはかけ離れた容姿を持っていた。繭が琉衣に話しかけたのは、写真のモデルになって欲しかったからだ。

出会ったのは繭が十歳の頃、季節は秋の初めだった。場所は住んでいたマンション内の児童公園だ。祖母から借りたニコンEMを首から提げて、気の向くままシャッターを切るうちに、錆びたジャングルジムの上に座っている見慣れない少年に気付いた。

目を閉じて十本の指を影絵のような複雑な形に組み合わせている。どうやら祈りを捧げているらしい。少し背中を丸めた姿勢のままぴくりとも動かず、繭以外の誰も存在に気付いていない。まるでジャングルジムの一部になっているみたいだった。

さらさらの髪と長い睫毛に背筋が震える——今、この瞬間を切り取ってしまいたい。

物音は立てなかったはずだが、レンズを向けた途端、少年がこちらに気付いた。ファインダー越しに視線が合う。

「それ、なに？」

ソプラノの声もきれいだった。ただ、表情は動いていない。

「……カメラ、だけど」

「カメラって、なに？」

繭は予想外の質問に慌てた。

「なにって……写真を撮る機械で……このレンズから入った光を、フィルムに焼き付けて、それを写真にするの……あ、今はデジタルカメラもあるから、全部がそういうのじゃないけど」

つっかえながら答える。カメラを扱うのは上手くなっていたが、相変わらず人と話すのは下手だった。

「写真は、知ってる。島にも持ってる人がいたから」

持っている人がいた、という言葉が引っかかった。写真を持っていない人の方が多かったということだ。カメラも見たことがない――今までどんなところに住んでいたんだろう。

「写真、撮ってもいい？」

それでも相手がどういう人間かを知るより、撮影したい気持ちの方が先に立った。彼は目を上げて、ぼそぼそとなにかつぶやく。目に見えないなにかに話しかけているようだ。

やがて、はにかみながら繭を見下ろした。

「今は撮ってもらっていい、あなたとは仲良くしなさいって、教主さまが」

とにかく、繭はシャッターを切った。少年が誰に許可を得たのか、「教主さま」が誰なのか、知ったのはしばらく後だった。

放課後、繭は琉衣と過ごすようになった。彼は繭と同じマンションの同じ階で叔父夫婦と住んでいた。両親はいなかった。学校にも通っておらず、家庭教師らしい人に勉強を教わっていた。

繭の両親も、琉衣の叔父たちもそれぞれの仕事で忙しく、子供たちにあまり干渉しなかった。どちらの家にいても二人きりだった記憶しかない。

琉衣は喜怒哀楽をあまり表に出さなかったが、繭にはなついていたと思う。なにをしようと繭が言い出しても、黙って後をついてくる。自分からやめようとは決して言わなかった。琉衣が家庭教師に出された宿題を手伝ったり、近所のショッピングセンターや公園へ一緒に出かけたり——もちろん、いつもニコンＥＭも一緒だ。この頃の琉衣は撮影を嫌がらなかった。弟ができたようで嬉しかったが、なにより琉衣をモデルに写真を撮れることに喜びを感じていた。

琉衣の受け答えは大人びており、頭の回転もよかった。ただ、常識的なことをまったく知らなかった。テレビや携帯に触れたことはなく、ゲームやパソコンにいたっては聞いたことすらなかった。バスや電車に乗るにも、自動販売機で飲み物を買うにもいちいち戸惑っていた。

繭は琉衣の過去をほとんど尋ねなかった。撮影に気を取られていたことが、かえって彼の警戒心を解いたようだ。詳しい生い立ちを聞いたのは秋も深まった頃、琉衣の写真が何十枚にもなってからだった。

琉衣は半年前に警察に保護されていた。年齢は藺より一つ下らしいが、詳しい生年月日は分からない。保護された時の琉衣には戸籍がなかったのだ。閉鎖的で過激な宗教団体が管理する離島で産まれ、世間とは隔絶された生活を送っていた。

教団を作ったのは「教主さま」と呼ばれる一人の指導者だった。ずっと後になって、藺も著書を読んでみたが、キリスト教の用語が使われていることしか分からなかった。世界は天変地異で徐々に崩壊していくから、その備えをすべきだと数ページごとに繰り返していた。

彼は大きな災害がいつどこで起こるかを「予言」していた。暗号めいた比喩や数字ばかりだったが、当たっていると解釈できるものもあったらしく、一時期は多くの信者を獲得したという。琉衣の両親もその中に含まれていた。

「教主さま」は数十人の幹部たちと協議を重ねた挙げ句、世界中で最も安全だと彼らが考える、小笠原(おがさわら)の無人島に移住してしまった。その際に全員がすべての財産を処分していたが、生活を続けるには足りなかったらしい。末端の信者たちにありもしない土地の所有権を莫大な金額で売り、それが発覚して信者の多くが脱会してしまった。被害者の会を結成した彼らは教団相手に訴訟を起こし、当然のようにマスコミが島に殺到した。

小学生だった繭も、自分を訴えた人々を口汚く罵る「教主さま」と、彼を非難するテレビレポーターのしかめっ面だけははっきり憶えている。さらに大規模な脱税も発覚して、警察や国税局の強制捜査が入ることは確実になった。

しかし、その直前「世界を救うために悪魔と戦う」と言い出した「教主さま」は、大人の信者たちと嵐の中をボートで出航したきり、二度と戻ってこなかった。沖合で沈んでしまったらしい。集団自殺だったのか、遭難事故だったのかは今でも謎だ。

大勢の人々が亡くなったことで「教主さま」はさらに激しく非難されることになった。島に残された数人の子供たちはそれぞれの親戚に引き取られ、社会復帰のプログラムを受けることになった。琉衣が繭と出会ったのはちょうどその頃、小学校に通うための準備をさせられている最中だった。

琉衣にとって「教主さま」は詐欺師などではなく、いつも笑顔を絶やさない温厚な予言者だった。肉体が失われても霊魂のまま生きているという。琉衣は判断に迷うことがあると、「教主さま」に尋ねては指示を仰いでいた。周囲の大人たちがどんなに説得しても信仰を捨てなかった。両親ともども、教団の大人たちは自ら犠牲になって世界を救ったと固く信じていた。

「……彼の社会復帰はうまくいったんですか？」

黙って耳を傾けていた秋孝がようやく口を挟んだ。

「世間的に見て、教団が非難されても仕方がないことは分かっていたみたいです。だから、『教主さま』のことは他人に喋らないようにして、学校にも通い始めました。自分から進んで友達を作るタイプではなかったけれど、そこそこうまくいっていました」

琉衣は小学校でできるだけ目立たないように振る舞っていた。気配を消すのがうまく、容姿のわりに注目されることは少なかった。もともと島でもそう教えられていたらしい。非力な人間が悪魔たちから身を守るには、見られないようにするしかない。人間の視線からも逃れた方がいい。

「桂木さんとは、その後も仲がよかったんですか」

「よかったです。ずっとわたしにべったりでした。『教主さま』が仲良くしなさいと指示した相手は、わたしだけだったんです。たぶん姉とか……母親みたいに甘えてました」

結局、「教主さま」の指示は琉衣自身の感情を代弁していたのだと思う。生まれ育った場所も家族も失って、周囲の大人たちは琉衣の価値観を全否定しようと躍起になっていた。先入観なく接してくれる相手を望んでいたはずだ。

「本当にかわいかったから、わたしの方はちょっと誇らしく思ってました。特に中学に入ってからは、周囲に対する優越感みたいなものも強くて」

口にするだけで苦々しい。中学に入った頃から、琉衣は女子生徒たちから騒がれるようになった。気配を消していることが、控えめで物静かだという好評価に繋がった。

繭の方は相変わらずカメラ以外に取り柄のない、地味な少女でしかなかった。だから自分の教室にしょっちゅう顔を出す琉衣と、これ見よがしに大きな声で喋った。妬み(ねた)の入り混じった視線を浴びせられ、どういう関係かこっそり問い詰められ、軽い嫌がらせを受けることすら心地よかった。

「それで、わたしたち、高校まで一緒だったんですけど……」

徐々に重くなる口をこじ開けるように、繭は話を続けた。


きっかけは一枚の写真だった。琉衣が高校に入学してきた日、校門の前で撮ったモノクロ写真が母の目に留まった。作家「桂木奈々美」はちょうど寡黙な美少年を主人公にしたサスペンスホラーを書いていた。『ユリシーズの石榴(ざくろ)』という題名で、不思議な能力を持つ主人公が無実の罪を着せられて逃亡する内容だ。いつもの母らしく、読者サービスをたっぷり盛りこんだ、派手なエンターテインメント小説だった。

写真の琉衣は主人公のイメージにぴったりだったらしく、本の表紙に使いたいと申し出てきたのだ。いい写真だから、と。

薾は興奮を抑えきれなかった。母のような才能のある人間にずっと憧れていた。その母に認められたということは、自分の写真にも特別なものがあるに違いない。

肝心の琉衣は気が進まないようだったが、薾が喜んでいるのを見て考えを変えてくれた。名前を一切出さないという条件で承諾した。

『ユリシーズの石榴』はベストセラーになった。内容だけではなく、表紙を飾っている琉衣も売れ行きにかなり影響したらしい。何者かを明かさなかったことが、かえって世間の関心を煽ったようだった。

映画化が決まった時、映画会社のプロデューサーが琉衣のもとを訪れた。表紙のイメージが読者にも定着しているので、琉衣に主役を演じて欲しいという申し出だった。演技の訓練をみっちり受けてもらい、結果が思わしくなければ改めてオーディションを行うという条件はついていたが、新人としては破格の待遇だった。

琉衣から相談された薾は有頂天になった。滅多にないチャンスだと思った。琉衣の、ではない。自分のチャンスだ。

長年、彼の写真を撮り続けてきた薾は確信していた。琉衣には才能がある。人目につかないよう振る舞えるということは、その逆もできるということだ。もし人気が出て、きっかけが自分の写真ということになれば、自分の夢を叶える足がかりになるかもしれない。この頃の繭は、将来写真家になる夢を抱くようになっていた。

ところが琉衣は断るつもりだった。自分にできるとは思えないし、「教主さま」もやめた方がいいと忠告していると。

この時とばかりに繭は説得した。こんな経験は誰でもできるわけではない。嫌になったらやめればいい。なにより、今の家を出て独り立ちできる——琉衣は同居している叔父夫婦としっくりいっていなかった。信仰を捨てるよう強引に迫られ、琉衣が頑強に拒んだことが、ずっと尾を引いていたのだ。

繭は新しい琉衣を見てみたいと繰り返した。それはレンズ越しに見て写真に収めたいという意味でしかなかったが、彼は心を動かされた様子だった。

そして、初めて「教主さま」の指示に背いた。高校を休学し、芸能事務所が用意したマンションで一人暮らしを始めた。一方、高校を卒業した繭は、私立大学の芸術学部、それも写真学科に進学した。

「これが大学の入学式の日に撮った写真です」

さっき秋孝が見つけ出した、大学の正門前で撮った写真のネガを畳の上に置く。あの頃、繭は自分を変えようと躍起になっていた。

「入学式に来てくれたんですね、永野さんは」

「琉衣が高校に入学した時、わたしが付き添ったから、お返しにって……あの頃は、忙しかったはずなんですけど」

繭の確信していた通り、琉衣には演技の才能があった。信仰で身についた真面目さと集中力もいい方向に作用したらしい。『ユリシーズの石榴』の映画版もヒットし、琉衣の演技も高く評価された。仕事も次々に入り、メディアで琉衣の顔を目にすることが増えていった。冷ややかに整った容姿と、真面目で天然な受け答えとのギャップが女性ファンの保護欲をくすぐった。

入学式の日に撮影されたネガの中で、琉衣は照れながら繭の肩を抱いている。思い違いでなければ、十代の琉衣は繭に幼馴染み以上の好意を抱いていた気がする。なにもなくて本当によかったと思う。万が一付き合っていたら、もっと傷つけることになっていたはずだ。

「昔の自分って、嫌ですね」

繭はつぶやく。大学に入って服も髪も変えた彼女に、琉衣は感想を口にしなかった。褒めるところがなかったのだろう。似合っていたらそう言ってくれたはずだ。

「そのネガに写っている桂木さん、いいと思いますよ」

ぴくりとも心が動かなかった。お世辞にもほどがある。

「いえ、全然似合ってないし……大学でも浮いてました」

芸術学部には一風変わった学生が多かったのに、同じ学年で友達はできなかった。外見よりは言動のせいだ。自分は数年のうちにクリエイターになる、もう自分の「作品」はベストセラーの表紙を飾ったと誰彼構わず触れ回っていた。黙って聞いていた人たちの白けた表情を思い出すたび、床をのたうち回りそうになる。

「その服は桂木さん自身が選んだんでしょう。どんなものであれ、自分の意志でしていることには価値があると思います」

価値があろうがなかろうが、この頃の自分は本当に嫌いだ。とはいえ、これ以上泣き言を口にするのもよくない。優しい人の前で自己否定を続けると、相手はいつまでも慰めてくれる。褒め言葉をねだり続けるようなものだ。

「その写真袋に書いてある、高坂晶穂さんとは仲がよかったんですね」

「……ええ」

繭は缶から出てきた写真袋をネガの隣に置く。高坂晶穂について語るのも気が重かった。

四年前になにが起こったのか——どんな風に琉衣の人生を壊したのか、ここからが本題だった。

晶穂と知り合ったのはアルバイト先の古い喫茶店だった。キャンパスのそばにあったせいか、アルバイトも同じ大学の学生が多かった。繭に仕事を教えてくれたのが四年生になっていた晶穂だった。彼女も写真学科に籍を置いていた。

奥目がちで唇が薄く、目立つ顔立ちではないが、大人びた雰囲気だった。話しやすくさっぱりした性格で、すぐ打ち解けられた。晶穂は面倒な性格の繭の世話をよく焼いてくれていた。たぶん、写真家になりたいと語ったせいだと思う。彼女も同じ目標を持っていた。

繭は晶穂に誘われて、彼女の主宰する団地サークルに加わった。東京近郊の古い団地を見学しに行くという地味な活動をするだけだったが、繭以外にも演劇科の学生が四人所属していた。まじめに建物を見学する者は少なく、のんびりと散歩するのが目的のようなものだった。

サークルは意外に居心地がよかった。繭が一番年下のせいもあっただろう。思い上がった発言は多かったと思うが、それほどギスギスした雰囲気になっていなかった。

次の年に晶穂は卒業し、三軒茶屋(さんげんぢゃや)にある小さな写真スタジオに就職した。新入生は入会せず、団地サークルの活動も下火にはなったものの、メンバー同士では連絡を取り合っていた。相変わらず同学年の友達はできなかったが、それなりに平穏な大学生活を送っていた。

一方、順調だった琉衣の芸能活動は騒々しいものになりつつあった。教団の管理する孤島で育った過去を週刊誌に暴露されたのだ。叔父夫婦がインタビューに応じてしまい、まだ琉衣が「教主さま」への信仰を捨てていないことをほのめかしていた。

琉衣の信仰を以前から知っていた芸能事務所は、事態を鎮静化させるためのコメントを発表した。信者の両親から産まれて島で育ったのは事実だが、現在ではマインドコントロールを脱している。ただし過酷な体験をした被害者なので、本人にコメントを求めることは控えて欲しい——。

もちろん事実ではなく、生真面目な琉衣は悩みを抱え込むことになった。出演した作品の宣伝でインタビューを受けても、むっつりと黙りこんだり、無関係なことを長々と喋ったり、不安定な態度が目立つようになった。芸能事務所のコメントで納得しない者も多く、ネットではさらに無責任な噂が広がっていた。琉衣がカルト教団の復活を目論(もくろ)んでいるとか、芸能界へのデビューも信者を獲得するための「計画」の一部だとか。

ちょうど四年前の冬、彼は桂木家をふらりと訪れた。両親は旅行中で、部屋にいたのは藺一人だった。長い時間をかけて「教主さま」に祈った後、琉衣は堰を切ったように話し始めた。安心して胸のうちを語れる相手は藺しかいなかったのだ。

それまで信仰を人前で語ることはなくても、嘘をついたことはなかった。きっかけはともかく、今は俳優の仕事にやりがいを感じている。しかし、このままではもっとよくないことが起こると「教主さま」は警告し続けている。本当は信仰を守る生活に戻るべきなのかもしれない。

ニコンＥＭを構えていた藺は、驚いてファインダーから目を外した。彼が喋っている間中、ずっと撮影を続けていた。大学に入学して以来使っていなかったアナログカメラを久しぶりに引っ張り出していた。以前買ったカラーフィルムの現像キットで、自分で現像まですするという思いつきに夢中になっていた。

要するに琉衣の話などほとんど聞いていなかった。引退をほのめかす言葉にやっと反応しただけだ。とんでもない、と藺は叫んだ。なにかを生み出したり表現することは自分たちのような一部の人間にしかできない。それはとても価値がある。うさん臭いカルト宗教なんかより。

ばりっと薄い氷を踏み抜いた気がした。言い過ぎてしまった。今まで琉衣の信じる教義を肯定したことはなかったが、大人たちのように否定もしなかった。誰に迷惑をかけているわけでもない、琉衣が大事にしたいものを大事にすればいいと思ってきたのに。

ごめん、と言うつもりだった。しかし次の瞬間、手にしていたカメラが叩き落とされて、鈍い音を立ててフローリングの床に転がった。

「なにするの！」

繭は叫んだ。もう謝罪など頭から飛んでいた。

「大事なカメラなのに。お祖母ちゃんから借りたんだよ！」

拾い上げたカメラはどこも壊れていないようだ。ほっとするあまり、琉衣がそばにいることも一瞬忘れていた。

「お前は、借り物ばっかりだな」

琉衣が憎々しげに言った。

「……え？」

声の調子よりも「お前」という呼び方に唖然（あぜん）とした。子供の頃からずっと「繭ちゃん」と呼ばれ続けていたのに。

「カメラだけじゃなく、お前の言葉も、お前が撮ってる写真も。よく自慢してる写真、自分の親以外に評価されたことないだろ。モデルは俺だしさ」

頭の中が真っ白になった。持ち慣れたはずのニコンＥＭがひどく重い。我に返ると、まるでジャンプしたみたいに時計の針が進んでいた。琉衣が飛び出していったことを、ぼんやりとしか憶えていなかった。

体が震えていたことに、今さらながら気付く。やっと心が落ち着いてくる。さっきの琉衣は混乱していた。色々あったのだから無理もない。繭を傷つけようとして、あんな的外れな暴言を吐いたのだ。

「さて、現像しなきゃ」

人気のないリビングでわざと声を出した。マンションには暗室などないので、ナイロン製の大きなダークバッグを引っ張り出してくる。両腕をその中に入れ、カメラから取り出したフィルムを手探りでリールに巻きつける。バッグの中に光を入れないよう気を付けつつ、現像用のタンクに入れて蓋をする。

こういう手順も全部祖母の富士子から教わった。祖母の動作には無駄がなく、繭とは比べものにならないほど速かった。昔はフィルムの交換も手探りの作業だったので、客を待たせないように急ぐ必要があったのだという。

ふと、祖母に電話をかけて、さっき起こったことを相談したくなった。もちろん両親には話せない。琉衣の叔父夫婦と近所付き合いがあり、永野家の事情もよく知っている。適度に離れている相手にしか打ち明けられないことがある。

洗面所で作った現像液をタンクに注ぎこみ、現像の作業を続ける間もその考えが頭から離れなかった。続いて定着液を注いで攪拌し、水洗いしたネガをバスルームに干す頃、すっかり夜が更けていることに気付いた。

やっぱり相談はやめることにしよう。ここ数年、体調を崩しがちの祖母は、早く床につくようになった。いちいち起こすわけにはいかない。それに、こんなことを肉親に相談するような年でもない。この前の誕生日で二十歳になっている。

キッチンの冷蔵庫を開けて、父親が大量に買い込んでいるベルギービールの小瓶を出してきた。一本や二本なら怒られることもない。

リビングのソファで膝を立てて飲み始めると、琉衣に投げつけられた罵倒がまた背中にのしかかってきた。借り物ばっかり、言葉も写真も——そんなことはないはずだと自分に言い聞かせる。大学に入ってから色々なことを学んだ。例えば専門的な撮影技術とか、芸術写真の歴史とか。

ただ、そうして撮った写真は上手いと言われることはあっても、センスがあると言われたことはなかった。時々、同じクラスの学生の作品にはっとさせられる。それらに比べると、自分が撮っているものは画質がいいだけの記念写真に思えることもあった。

もちろん、こういう感情もありがちな自己嫌悪に違いない。クリエイターとして世間に認められさえすれば、笑って思い出せるはずだ。

藺は少し怪しい足取りでバスルームに行き、すっかり乾いたフィルムと、ビールの小瓶を両手に自分の部屋へ引き揚げた。フィルムスキャナーでネガの画像をパソコンに取り込んでいく。指を組み合わせて跪く琉衣の全身がモニターに映る。一心に祈っている横顔が美しかった。間接照明のおかげか、コントラストが強くシャープな写真になっている。フィルムには埃も見当たらない。現像もうまくいった。

「……いいよね、これ」

二本目のビールの栓を開けながらつぶやく。デジタルカメラでもしょっちゅう人物写真を撮っているが、今回の写真には及ばない。これなら誰も文句は言わないだろう。誰か写真の分かる知り合いに見せてやりたい——。

藺はブラウザを立ち上げて、SNSにログインした。団地サークルの連絡にしか使っていない限定公開のアカウントだ。藺が閲覧を許可しているのはサークルのメンバーだけで、その中には卒業した高坂晶穂も入っている。

同じプロの写真家を目指している彼女にはきっと価値が分かる。「久しぶりに永野琉衣をニコンEMで撮影。フィルムスキャナーでデジタル化。なかなかいいできばえ」というコメントと一緒に写真をアップする。レンズの種類やシャッタースピード、絞り、フィルムの情報を添えるのも忘れなかった。

晶穂の勤めている写真スタジオは、確か今日が定休日だ。見ていれば感想をくれるかもしれない。しばらくの間、スマホを片手に待ち構えた。直接メールで送りたかったが、返信を強要するようで嫌だった。自然な反応が欲しい。

冷蔵庫からビールをもう一本持ってきたのはなんとなく憶えているが、いつ眠ったのかはよく分からない。とにかく、意識を取り戻した時はすっかり夜が明けていた。

二日酔いで頭が痛い。ほつれた記憶を辿るうちに、顔から血の気が引いていった。琉衣本人に断りもなくプライベートな写真を表に出してしまった。見せたのが繭の知り合いだとしても、許される話ではない。それも琉衣は芸能人なのだ。

スマホからSNSのアプリを立ち上げて、昨日アップしたコメントと写真を確認する。誰からもリプライは来ていなかった。このSNSではコメントを誰が読んだか確認できないが、たぶん見た人間はいないはずだ。胸を撫で下ろしつつ、コメントも写真も削除する。これでなにも起こらなかったのと同じだ。

午前中は講義がなかったので、自宅でのんびり過ごした。昨日のことを思い返してみたが、やはり繭の方に非がある。世間には認められないとしても、琉衣は「教主さま」の教えをとても大事にしている。繭にとっての写真と同じようなものだ。

できるだけ早く直接会って謝ろう。向こうが忙しいようなら電話ででも——と思った途端に携帯が鳴り始める。かけてきたのは琉衣だった。計ったようなタイミングだ。

「……はい」

電話に出ても、なぜか彼は無言だった。連絡はしてみたものの、まだ怒りが収まらないのかもしれない。繭は大きく息を吸う。

「昨日は……」

『あの写真、どういうこと』

疲れきったような、嗄(か)れた声に遮られる。

『なにやったんだよ、お前』

ちりっと首筋の毛が逆立つ。嫌な予感がした。

「なんの話？」

『昨日、お前が撮った俺の写真、ネットにばらまかれてるんだけど……朝から、すごい騒ぎになってる』

そんなはずはない。繭はスマホを手にしたまま、自分の部屋に駆け込んだ。起動しっぱなしだったパソコンのブラウザから「永野琉衣」の名前で検索する。検索結果の一番上に現れたのは、芸能人のスキャンダルやネットの怪しげな噂ばかり扱うニュースサイトの見出しだった。

「永野琉衣、プライベート写真流出で大炎上中　やっぱり詐欺&集団自殺カルトの教祖様だった?」


一緒に表示されている画像は、繭がさっき消したはずの写真だった。琉衣は独特の形に指を組んで祈りを捧げている。教団で行われていた祈禱だ。繭にとっては見慣れた姿で、他人の目にどんな風に映るかをまったく意識していなかった。

全身に力が入らない。ぐにゃりと椅子に座りこんだ。部屋の外にあるはずの世界が、なにもかも壊れてしまったように思えた。

『お前がネットに上げたんだろ、この写真』

琉衣が尋ねてくる。心臓が止まるほど驚いた。繭が仕組んだことだと思われている。

「わたしじゃない……ちゃんと消したはず」

叱られた子供のように、たどたどしく事情を説明していった。限定公開のアカウントでSNSにアップしたが、朝起きてからまずいと思って消した。見ることができたのは、六人しかいない団地サークルのメンバーだけだ。

（先輩たちの誰かがやったんだ）

やっと繭は気付いた。一体誰なのか――真っ先に浮かんだのは高坂晶穂の大人びた顔だった。まさか、そんな。

『結局、お前がやったのと同じじゃないか』

琉衣は繭の説明を一言でまとめた。

『こうなるかもしれないって予想できなかったか？　それとも、流出してもいいって思ってたのか？』

「違う。そんなこと……」

本当に思っていなかっただろうか。昨日の夜、痛いところを突かれて腹を立てていた。琉衣を困らせてやりたい、懲らしめてやりたいという気持ちがまったくなかっただろうか。アルコールのせいで本音が抑えきれなくなったわけではないとどうして言いきれるだろう。

「で、でも、出回ってるのはこの写真だけでしょう。いつどこで撮ったのかも分からないし。知らないって言い張ればよくない？」

たぶん無理だと分かっていた。この瞬間にもネットの向こうにいる大勢の人々が、死体でも掘り起こすみたいに琉衣の過去を漁っている。写真にうつっている服と同じものをどこかで琉衣が着ていることや、繭が桂木家のリビングで撮ったことぐらいは簡単に突き止められてしまうだろう。桂木奈々美の娘が『ユリシーズの石榴』の表紙の写真を撮ったという情報はすぐに出てくる。この家のリビングで母と一緒に何度かインタビューを受けたこともある。ネットのどこかに画像が残っているはずだ。

藺は必死に他の言い訳を探した。

「それが駄目だったら、加工された写真ってことにすれば？　よく見ると顔と胴体は別人、とかさ。写真のことなら、わたしも協力するから」

『お前、本当に最低な人間だったんだな』

琉衣は静かに告げる。

『これ以上、俺に嘘つけって言うのか？』

まっぷたつに斬られた気分だった。どう足掻いても取り返しがつかない。自分のしでかしたことの重さに耐えきれなかった。

「……わたしは最低の人間だって、『教主さま』も言ってるの？」

やっと絞り出したのはそんな質問だった。確かに最低だと藺は思った。自分がどんな人間なのか、自分の頭で判断できない。信じてもいない宗教の教祖に評価を委ねたがっている。藺の言葉は――たぶん写真も、全部借り物だ。琉衣の言うとおりだった。

琉衣はなにも答えずに電話を切った。

話をしたのはそれが最後だった。その後、琉衣は独断でマスコミに「本当は信仰を捨てていなかった。嘘をついた責任を取って引退する」と宣言した。契約の問題もあって、事務所とはかなり揉めたようだが、勝手に話し合いを打ち切って姿を消してしまった。たとえ許してもらえないにしても、とにかく謝らなければと、藺は毎日のように手紙やメールを送った。直接会うことを拒絶されたからだ。

琉衣がいなくなる直前に短いメールが届いた。彼から来た返事はそれだけだった。

お前の写真に人生を狂わされた。もうどんなカメラも見たくない。特にお前のカメラは見たくない。二度とお前に会うつもりはないし、これまでも会ったことのない他人だと思うことにする。お前も俺のことをそう思って欲しい。

四年経った今でも、藺は胸に刻み込まれた文面を一字一句間違えずに暗誦できる。あの時の疼きはまだ消えてはいない――琉衣が引退したのは、たぶん嘘が露呈したからだけではない。あの写真のせいでカメラに耐えられなくなったのだ。今の時代、まったく撮影されずに俳優を続けることなどできない。原因を作ったのは藺だ。

秋孝はさっきまでと同じく、穏やかに耳を傾けている。

「永野さんの行き先は、まったく分からないんですか？」

「国内にはいるみたいですね。住所の書いていない年賀状が、琉衣の叔父夫婦に毎年送られてきているので。投函された場所はばらばらで……今年は東京都内だったそうです」

「でも、有名人が身を隠し続けるのは、かなり難しいですよね」

「琉衣は目立たないように振る舞うのが上手なんです。一緒に街を歩いてても、あまり声をかけられたりしませんでした。それに、正体がバレていても、周りの人たちは黙って受け入れてくれていると思います。本人は自覚ないけど、世話を焼かれやすいタイプだから」

もう一つ、彼には「教主さま」の導きがある。琉衣にだけ聞こえるその声が、妄想なのか現実なのかは分からないが、後から考えるとすべて的中している。きっと素性を隠すのに役立つだろう。

「琉衣がいなくなった後、わたしは大学を休学しました。カメラに触るのも怖くなって……一年間休学して、次の年に経済学部に転部したんです」

写真家への夢など捨てて、人目につくことなくひっそりと生きることにした。転部を決めた時、祖母には電話で報告したが、賛成も反対もされなかった。ただ「本当につらいことがあったら、いつでもうちへおいで」と言われた。

「好きな時に好きなだけうちで過ごしていい。あんたが産まれるずっと前から、この家はそういう場所だから」

申し出はありがたかったが、もう手遅れだと思った。本当につらいことはもう起こってしまったし、この先つらいのは写真やカメラに触れることだ。写真館へ行く気になどなれない。

そして、昨日まで本当に足を踏み入れなかった。

「誰が写真を流出させたのか、分かっているんですか？」

秋孝はここまでなんの感想も口にしていない。とにかく、最後まで話を聞くつもりのようだった。

「はっきりした証拠はないですけど……高坂さんだと思います」

まず自分に責任があるのは分かっていたが、拡散させた人間がいるのも確かだ。誰がどういう理由でそんなことをしたのか、どうしても知りたかった。晶穂と会って質問をぶつけると、アップした写真は見ていないし流出してから初めて知った、と弱々しく否定したが、妙に落ち着きがなく、顔色も悪いように見えた。

「他の人がやった可能性はないんですか？」

もちろんその可能性は考えた。むしろ一番親しかった晶穂が犯人だと思いたくなかったので、まずは彼女以外のメンバーに一人ずつ会って話を聞いていた。

「他の人も自分ではないと否定しました。あの夜は所属していた劇団の合宿稽古に参加していて、都内にはいなかったらしいんですけど……」

「桂木さんと高坂さん以外のメンバーは、演劇学科だったんですよね」

「そうです。演劇学科の人たちは四人で、全員わたしより学年は一つ上でした。芦辺さんという演劇学科の女の人がわたしや高坂さんと同じバイト先で働いていて……その人が、学内のアマチュア劇団で一緒に活動していた人たちに声をかけたんです」

芦辺葵は美人だった。朗々としたアルトの持ち主で、手足もすらりと長く、どの芝居に出ても宝塚の男役みたいに見えた。欲しいものを欲しいとはっきり言い、周囲の——特に男性をうまく動かせる人だった。

どちらかというと派手なタイプの彼女が、団地を見学するだけの地味なサークルに入ったのは、幼い頃団地に住んでいたからだという。コンクリートの建物を見ていると心が和む、と言っていた。

彼女に比べると男子学生たちはあまり印象に残っていない。俳優志望だという小此木は葵と舞台に上がっていて、彼女の恋人だった。追って入ってきた河東は劇団の座長兼演出だったが、彼も葵を好きだったらしい。三人が揃うと時々微妙な空気になったのを憶えている。

もう一人の沢井は無口な性格で、劇団では制作をやっていた。繭はほとんど話した記憶がない。他の三人とも反りが合わず、公演にかかる費用の問題で他の三人とはしょっちゅう口論になっていた。入会したのはもともと団地見学が好きだったせいらしい。団地の設備や間取りの変遷について、よく晶穂と楽しそうに語り合っていた。

「劇団の合宿稽古が行われていたのは、静岡の山奥にある廃村でした」

「廃村って……どうしてそんなところで？」

「大きな声を出せる、ただで借りられる広い場所を探すうちに、そこに行き着いたみたいです。電気もガスもない、携帯の電波も入らないところだったそうです」

合宿のスケジュールと廃村の電波状況は、劇団の他のメンバーにも確認している。山のふもとにあるコンビニまで車で行かないと、メールの受信すらできない場所だったという。完全に外界から切り離されていた。

「四人とも自分はなにも知らないし、その晩は誰も村から出なかったってはっきり言ってました」

合宿に行った人たちで運転免許を持っていたのは沢井だけだった。他の三人は彼が一晩中どこにも出かけていないと断言していた。沢井と仲のよくなかった他のメンバーが彼をかばう必要はない。そもそも、沢井だけではなく他の三人が写真を流出させる理由を思いつかなかった。学科の違う繭とはサークル以外ではあまり接点もない。

となると、犯人はやはり晶穂しか残らない。あの頃、繭は彼女の撮った写真を上から目線でこき下ろすことも珍しくなかった。プロを目指す人間には、お世辞抜きで批判する同志が必要だと信じていた。自分の発言を振り返ると、どこかで彼女の怒りを買っていた可能性は十分すぎるほどあった。

「団地サークルの人たちは、永野琉衣さんと会ったことはなかったんですか?」

「なかったはずです。わたしは紹介してませんし……」

特に演劇学科の先輩たちは琉衣に会いたがったが、繭が断っていた。忙しい琉衣を気遣ったというよりは、自分だけが有名人と親しくしている優越感を手放したくなかったのだ。琉衣と晶穂も面識はなかったはずだ。

「でも、この写真を見ると、関わりはあるわけですよね。高坂さんと永野さんと……西浦写真館は」

秋孝は「高坂晶穂」と書かれた袋の上に置かれた写真を覗き込む。長く伸びた髪を後ろで結んでいる琉衣が、写真館のスタジオで跪いて祈りを捧げている。繭が見たことのない髪形だった。記憶よりも少し肩幅が広く、日焼けもしている。

「いなくなった後の琉衣です、多分」

最後に繭と会った時から、そんなに経っているわけではなさそうだ。せいぜい、一年か二年ぐらい後だろう。琉衣はここへ来ていたのだ。

「高坂さんや永野さんは、桂木さんのお祖母さんと親しかったんでしょうか？」

「一応、面識はありました。琉衣は大学の入学式に来てくれた時に、祖母とも顔を合わせていますし、高坂さんとは二人で江ノ島に来た時、ここへ立ち寄ったことがあります……でも、別に親しくはなかったはずです」

晶穂は鎌倉の出身で、昔からカメラを持って江ノ島へ来ていたという。繭がここへ案内すると、古い建物好きの彼女は大いに喜んでいた。写真館の歴史について祖母の富士子に色々尋ねていたが、特に話が弾んでいたわけでもない。祖母の方はいつもの調子で、不機嫌でも上機嫌でもなかった。

繭の入学式で琉衣と会った時も、祖母の態度は同じだったと思う。相手が芸能人だからといって、舞い上がるような人ではなかった。

「わたしがこの写真館に来なくなってから、親しくなったんだと思います」

琉衣と晶穂と西浦写真館――すべて繭が失ってしまったり、自分から遠ざけたものばかりだ。どこでどんな風に繋がっているのか、まったく見当もつかなかった。

それに、どうして祖母は最期までそのことを話してくれなかったんだろう。繭とは連絡は取り合っていたのに。

「どういう状況で撮影されたんでしょうか、この写真」

秋孝に尋ねられて、繭は改めて写真にうつっている琉衣を見つめた。

「詳しいことはよく分かりません……でも、たぶんここのスタジオを借りて、高坂さんが琉衣を撮影したんじゃないかと思います」

「撮ったのは桂木さんのお祖母さんじゃないんですか」

「なんとなくですけど、高坂さんの写真に見えるんです。絞りとかアングルとか」

画面の奥までピントが合い、煽り気味の角度で撮られている。晶穂の好みだった。ただ、部外者に祖母がスタジオを貸すとは思えない。従業員でなければ仕事用の機材を使わせない、というのがここのルールだ。

「それにしても、きれいに撮れてますね。本当にプロが撮ったみたいだ」

秋孝は感心している。この人は琉衣だけではなく、晶穂のことも知らないようだ。

「高坂さん、プロの写真家ですから」

胸の奥がざわめいた。写真を捨てた繭とは対照的に、晶穂は地道に活動を続けて、プロの写真家としてデビューしていた。去年、団地の住民たちを撮った写真と、晶穂自身が書いた文章を一冊にまとめて『団地人』というタイトルで出版した。

団地に住む人々の写真が昭和世代の郷愁を誘ったのと同時に、団地への深い造詣と愛に溢れた文章が建築マニアの心もとらえたらしく、写真集としては異例の売れ行きになった。今は『世界の団地人』という続編を雑誌に連載中で、タイトル通り外国にある古い集合住宅を紹介している。新進の写真家兼エッセイストとして、一部では名前が知られるようになっていた。

(確かに、よく撮れてる)

繭もそう感じる。同時に色々な疑問が湧いてきた。もうどんなカメラも見たくない、とメールに書いていた琉衣が、どうして晶穂には撮らせたのか。それに、この写真は四年前に流出してしまったあの一枚に構図が似ている。わざわざ似せた理由はなんだろう。焼き増しした写真を、祖母が晶穂に渡さずじまいだった理由も気になる。

分からないことばかりだ——けれど、分かってどうなるというんだろう。この写真について調べれば、さらに醜い事実が明らかになるかもしれない。

「桂木さん」

繭は現実へ引き戻された。

「この写真、高坂さんに渡さないんですか？」

ずばりと切り込まれた。このまま見なかったことにしたい気持ちが、表情に出ていたのかもしれない。

「……渡した方がいいと思いますか」

つい質問を投げ返してしまう。四年前、琉衣と最後に話した時と同じだ。今日はこの人に判断を委ねたがっている。

「これは高坂さんの注文した写真ですから、渡した方がいいとは思います。でも、無理にそうしなくてもいいんじゃないですか。もともと桂木さんが後始末をする義務はないし、こっそり処分しても気付かれないですよ」

どちらでもない答えに拍子抜けしてしまった。つい繭は秋孝の顔を窺う。彼にとってどちらが正解かを知りたかったが、なにも読み取れなかった。

「さっきも話しましたけど、自分で判断できないんですよね……こういうこと」

卑屈な笑いがこみ上げてくる。しかし、秋孝はきっぱりと首を横に振る。

「桂木さんはなんでも自分のすることを決めてきたじゃないですか」

「は？」

耳を疑った。この人は今までなにを聞いてきたんだろう。

「……全然違います」

「でも、写真を撮り始めたのも、大学で写真を学んだのも、別の学部へ移ったのも、人から命じられたことは何一つないでしょう。全部自分の判断じゃないですか」

「それは……周りの影響を受けたり、嫌なことから逃げただけで……」

主に影響を受けたのは母からだ。自分もクリエイターと呼ばれてみたかった。結局はうまくいかずに、目と耳を塞いで遠ざかった。

「なにかから影響を受けるのは当然でしょう？　嫌なことから逃げるのも、自分で決めた結果じゃないですか」

一瞬、自分がとても意志の強い人間だと思い込みそうになった。耳に心地よいことを言われると、すぐに同調したくなってしまう。母に写真を褒められて、本の表紙に使ってもらった時もこんな風に舞い上がっていた。要は流されやすいのだ。

流されやすいところは簡単に直らない——だとしたら、自覚して行動するしかない。

晶穂と接触するのは気が重いし、本当に画像をネットに流したのが彼女なのか、改めて確かめる勇気もない。しかし、未渡しになっている写真を渡さなければならない。できれば、いなくなった琉衣がこの写真館でなにをしていたのかも知りたかった。

「とにかく、連絡を取ってみます」

と、繭は言った。

その日、写真館の整理は進まなかった。縁の切れた相手に連絡するのは気が重く、作業の手も自然と重くなった。そのうちに管理人が戻ってくる時刻になってしまった。

秋孝と別れて善行のアパートに戻った繭は、ふと大事なことに気付いた。晶穂のメールアドレスや携帯の番号はとっくに消してしまっている。

彼女はSNSで仕事関係の告知をしているが、アカウントはアシスタントと共同で管理しているらしい。個人的な用事では話しかけにくかった。

写真集を出している出版社経由で手紙を送るのは時間がかかりすぎる。それに、出版社は読者からの手紙を開封して中を確認すると母から聞いている。脅迫状や危険物がまぎれ込んでいる可能性があるからだという。第三者にこの件を知られたくない。

となると、連絡先を知っている人に尋ねるしかない。シャワーを浴びて夕食を取り、その日の用事をすべて片付けてから、繭は芦辺葵の携帯に電話をかけた。メールでは意図を伝えられる自信はなかった。

団地サークルの元メンバーの中で、転部した後もただ一人繋がりを持っていたのが葵だ。たまに互いの近況をメールや電話で伝え合う程度だったが、ちょうどいい距離感が繭にはありがたかった。

『ほんと久しぶり！　一年ぶりぐらい？　桂木さんが電話くれるなんて珍しいね』

アルトの声が弾んでいる。以前とちっとも変わらなかった。彼女は公務員試験を受けて、実家がある埼玉の市役所に就職した。繭と同じように芸術学部で学んだこととは無関係な仕事に就いている。繭の方も気詰まりを感じずに済んでいた。

繭は小さな自動車部品メーカーに就職したこと、職場に近い藤沢で一人暮らしをしていることを伝えた。押しが強いように見えて、葵は意外なほど聞き上手だ。口が重い繭でもすんなり話せる。

近況の種が尽きたところで、勇気を出して本題に入った。

「高坂さんの連絡先、もしご存じだったら教えてもらえませんか？」

スマホの向こうで、葵が座り直す気配がした。

『……それ、四年前のことと関係あるんだよね。ネットに出ちゃった写真の……なんか分かったの？』

「そういうわけじゃないんですけど……」

繭は口ごもった。他の写真のことで連絡を取りたいのだが、まったく無関係とも言えない。説明に困っていると、相手は肯定したと受け取ったようだった。

『誰がやったのか知りたいっていう桂木さんの気持ちは分かるし、わたしが同じ立場だったらやっぱり追及すると思うけど……高坂先輩に今さら訊かなくてもいいんじゃないかな。実はあれ、うちのサークル以外の人間がやった気がしてるんだ』

「どういうことですか？」

藺は思わず聞き返す。今まで考えもしなかった。

『そもそも、少人数のサークルであんなことが起こるのは変だよ。誰がやったのかすぐバレるって、普通は考えるはずじゃない……わたし後から思ったんだけど、フィルムって店に現像を頼むでしょう？　そこで第三者の目に触れるわけだから、ひょっとすると……』

「いえ……あの、あれはわたしが自分で現像したんです。他に見てる人はいません」

気まずい沈黙の後で、葵はひときわ大きな声を上げた。

『ああ、そうだったんだ！　桂木さん、すごいな。現像までできるんだね』

藺は失敗したと悔やんだ。こんな風にばっさり否定してしまうと、今でも晶穂を追い詰めるのに必死だと思われるかもしれない。

『実は、高坂先輩にはわたしも連絡取れないんだ。番号やメルアドごと携帯を新しくしたみたいで……桂木さんが休学してから、わたしたちもなんとなく連絡取らなくなって、繋がりが切れちゃったの』

本当のことを言っているのか、晶穂を追及させまいとしているのかは分からなかった。

事情をすべて打ち明けてしまおうか迷っていると、葵は言葉を継いだ。

『小此木くんか河東くんなら知ってるかも。卒業してから二人で演劇ユニットを立ち上げて、一緒の部屋に住んでるんだよ』

「そうなんですね……」

そういえば、これまでの葵とのやりとりには小此木たちの近況がまったくと言っていいほど出てこなかった。あえて触れないようにしていたのかもしれない。クリエイターを目指す人たちの話は繭にとって刺激が強すぎる。

『わたし、卒業する直前に小此木くんとは別れたんだ。その後、河東くんから告白されたけど、付き合わなかった。どっちもしょせんは演劇やってる人だから、将来のことなんにも考えてなくてね。そういう男の人と付き合うのも、もう卒業だと思った』

まともに話せば長くなりそうな過去を、葵はほんの三十秒でまとめてしまった。込められた思いの深さを推し量ろうとしたが、ほとんど恋愛経験のない繭にはうまくいかなかった。

『ごめん。桂木さんこういうの興味なかったよね……今は違うのかな。彼氏とか、好きな人とかいないの？』

「い、いません……まったく興味がない、というほどではないですけど」

一瞬、秋孝の古風な顔立ちが頭をよぎる。一瞬すぎて振り払う余裕もなかった。

『そうなんだ。昔はサークルの集まりでよく言ってたじゃない？ 恋愛とか心底どうでもいいとか、サークル内でわざわざ恋愛する奴はバカだとか、そんなことで悩む時間がもったいないとか……』

「い……」

喉から妙な声が出た。確かにそう思っていた時期はあった。でも、まさかわざわざ彼氏持ちの人がいる場で言っていたなんて。

「ごめんなさい。失礼なことを……」

『あー、いいのいいの。言われた時は腹立ったけど、すぐにどうでもよくなったから。今振り返ると無理もないよね。サークル内でいちゃいちゃしてても、揉めててもうっとうしいもんだよ』

ははは、と明るく笑った。今まで気付かなかったが、この人は色々なものにけりをつけて大学を卒業していた。学生時代の葵とは別人になっている。

たぶん、繭は彼女ほど別人になりきれていない。

『わたし、今年中に結婚すると思う。半年前にお見合いしてさ……今時お見合いなんてって思ったけど、意外にいい人だったから』

見合い、という言葉にはまったく現実味がない。安定した仕事に就けば、そういう選択肢も出てくると初めて気付いた。繭も見合いしたいと言えば、誰かが喜んで話を持ってくるかもしれない。

『まだどういう式を挙げるのか決まってないんだけど、ちゃんとした披露宴やることになったら、桂木さんにも招待状送るよ』

ありがとうございます、とできるだけ明るく礼を言う。なんとなく招待状は来ない気がした。葵がけりをつけていった過去に、繭という人間も属している。

葵から聞いた小此木の番号にかけると、すぐに相手は出た。と、同時にざらついた喧騒が耳に突き刺さった。居酒屋にいるらしく、生ビールの数を復唱する甲高い声が聞こえる。

『ああ、桂木さんか。何年ぶりだろう。元気だった?』

そつなく挨拶する小此木の声は語尾が多少怪しい。酔っているようだ。急いで用件を切り出した。

「実は用があって、高坂さん……高坂晶穂さんに連絡が取りたいんです。連絡先、ご存じないですか?」

『その名前、久しぶりに聞いたな……いや、俺は知らない。桂木さんとか葵と違って、俺はそんなに親しくなかったし』

俺も知らないぞ、という呂律(ろれつ)の回らない大声がかぶった。

『ごめん、今のは河東の声。あいつと二人で呑んでるんだ。俺たち、演劇ユニット組んでるんだけど、今日が楽日(らくび)の打ち上げでさ……あ、ちょっと代わる。河東がなんか話したいって』

返事をする暇もなかった。雑音の後で、荒い息づかいが聞こえた。スマホ越しにアルコールが臭ってきそうだった。

『高坂先輩の連絡先とか、知らねえよ！』

声の大きさに飛び上がった。お前怒鳴るなよ、と小此木が宥(なだ)めている。

『いきなり電話してきて、いきなり頼みごとって失礼だろ。お前、ほんと変わらねえな。自分の用事しか話さねえの、大学時代にも注意したよな』

「……すみません」

確かに注意された記憶がある。ふと、繭は河東の顔がはっきり思い出せないことに気付いた。サークルではしょっちゅう会っていて、あれからまだ数年しか経っていないのに。

『自分からは質問するけど、他人の質問には答えないでよ。みんな呆れてたんだ。ネガが流出した時もそうだったろ。お前、俺たちを呼び出して尋問しまくってたよな』

冷や汗が噴き出す。あの時はとにかく真相を知ろうと躍起になっていた。先輩たちへの疑心もあり、それこそ尋問のように一方的な質問をぶつけていた気がする。自分の方からあの夜の状況を説明して、理解を求めた記憶はまったくない。

「あの時は、本当に……」

『悪い悪い。河東の奴、今日はずっと荒ぶってて』

小此木の手に携帯が戻り、もう一度謝る前に謝られてしまった。荒ぶってなにが悪い、最悪だ今日は、という河東の叫びが耳に響いた。楽日——千秋楽だと小此木はさっき言っていた。公演がうまくいかなかったのかもしれない。そんな時、自分に不快な思いをさせた相手からいきなり電話がかかってくれば、苛立つのも無理はない。

『とにかく、俺も河東も知らないんだ。力になれなくてごめん』

今にも話が終わりそうな気配に慌てた。

「あの、ちょっと待ってください……沢井さんの連絡先はご存じですよね？」

繭は四人目の先輩の名前を口にした。

沢井とは話をした記憶がほとんどない。他人に関心がなさそうで、繭は意図的に避けられていた気がする。しかし、連絡先を知っていそうな人を他に思いつかない。サークルの活動に一番熱心に参加しており、晶穂とも親しくしていた。

電話は間を置かずに繋がった。小此木たちと違って自宅にいるようで、電話の向こうからはなんの物音もしなかった。小此木の話ではテレビ番組のセットや照明を製作する会社に就職しているという。緊張で体をこわばらせつつ、急に電話をしたことを詫びていると、面倒くさそうに遮られた。

『用件は分かってる。たった今、小此木からショートメールが来たから……高坂先輩の連絡先、なんで知りたいの』

少しでも答えを間違えたら、そこで通話が終わりそうだった。繭はたどたどしく説明する。閉館した祖母の写真館から、晶穂が注文したらしい写真が見つかった。どう処理すればいいのか彼女に確認したい――。

『君、やっぱりそういう人間だったのか』

聞き終えてから、だしぬけに沢井は言った。

「えっ？」

『本当は引っ込み思案で気が小さいのに、大学では無理やり開けっぴろげに振る舞ってたんだな』

意外な観察眼にぎくりとした。言い当てられて居心地は悪いが、会話が続かないよりはましだ。

「そう……だと思います」

子供の頃から内向的で、写真家を目指していた時期だけが例外だった。どちらが本性かと言えば、たぶんこちらの方だろう。

『自己主張に慣れてないせいだと思うけど、言うことがいちいち無神経で、敵の多い人だったよ。俺も君のことは嫌いだった』

大学時代の知り合いから嫌いだとはっきり言われるのは初めてだ。しかし、あまり驚きはしなかった。沢井の声にはなぜか悔いるような響きがある。

『プライベートな連絡先は知ってるけど、すぐには教えられない。まず君に教えていいか先輩に訊いてみる。許可が出たらショートメールで送る。それでいい？』

「それで結構です……あの、ありがとうございます」

ほっと胸を撫で下ろす。晶穂の許可がいるのは当たり前だろう。

「沢井さんは、今でも高坂さんと繋がりあるんですね」

何気なく質問しただけだが、沢井は軽く息を呑んだようだった。

『……いや、先輩が卒業してからは会ってない。去年、写真集が出た時に感想を書いて出版社に送ったら、本人から返事が来たんだ。そこにプライベートで使ってるＳＮＳのアカウントとメルアドが書いてあった……教えてもらっただけで、ほとんどやりとりはしてない』

普通はいちいち手紙を書かないだろうし、公開していない連絡先を教えたりもしない。藺が思っていたよりも、沢井と晶穂は親しくしている。少なくとも、親しくしていた時期があったはずだ。

『あのさ、一つ訊いていい』

「あ、はい」

『誰が写真を流出させたのか、まだ知りたいの？』

藺は改めて自分の胸のうちを探る。今回は晶穂に写真を渡すのが目的だ。しかし、もう過去のことはどうでもいいとも言いきれない。

「知りたい気持ちはもちろんありますけど……あれは自分が一番悪いと思っているんです。誰がやったのか知ってしまったら、自分の責任も全部、その人に押しつけてしまいそうで……」

長い沈黙が流れる。藺はスマホを耳に押しつけた。まるで誰もいないように、静まりかえっている。

『……一番悪いのは君じゃないだろう』

突然、かすれた声が聞こえた。

『悪いことした……すまなかった』

「え……？」

聞き返そうとした時、通話は切れていた。意味の分からない謝罪が繭の中でずるりと尾を引いた。

次の日の夜、繭は仕事帰りに江ノ島へやって来た。

沢井の教えてくれたメールアドレスで晶穂と連絡を取ると、できれば西浦写真館で話したい、明日の夜なら空いているという短い返信が来た。そこで定時に退社して、ここへ直行した。

日が沈んだ後の月曜日に、観光客はほとんどいなかった。ライトアップされた灯台だけがくっきりと暗闇に浮かび上がっている。真っ暗な路地を通って、写真館のガラス戸に手をかける。計ったようなタイミングで中から開いた。

紺の作務衣を着た、管理人の滋田が細い目を瞠(みは)った。相手が繭であることに気付き、肩の力を抜いたようだ。

「こんばんは。今夜も整理ですか？」

そういえば、ここへ来ることを伝えていなかった。

「……ちょっと、人と会うことになっていて」

「ああ、真鳥さんの別荘にいる若い方と」

「そうではないんですけど……」

言葉を濁す。彼は今夜はここへは来ない。晶穂と二人だけで話すつもりだが、この管理人には深い事情を説明したくない。

「旅館のお仕事、もう終わったんですか？」

「いいえ。休憩時間に猫のエサをやりに来ました……でも、姿が見えないんです。普段、こんな時間まで外にいることは少ないんですが」

彼は表情を曇らせる。きつい顔に似合わず、動物を大事にする人のようだ。

「もし表の方から帰ってきたら、開けてやってください。わたしも後で捜してみます」

「分かりました」

繭がうなずくと、滋田は足早に去って行った。

柱時計は六時を回っている。猫が通れるように裏口が開いているせいか、肌を刺すような寒さだった。土間にある石油ストーブを点けて、繭は框に腰かけた。灯油の臭いがあたりに漂う。

昨日、沢井から謝られたことが頭から離れなかった。あれはなんだったのか。四年前のことを言っていたように思える。繭を嫌っていたと本人も言っていた。たまたま目にした琉衣の写真を、衝動的にばらまこうとする可能性はあるかもしれない。他人のプライベートな写真を流出させるような人間とは思えないが、それは他の先輩たちも同じことだ。

しかし、彼はあの日携帯の電波も入らない山奥に留まっていて、繭の写真を見られなかったはずだ。他の三人もはっきりそう言っているし、沢井を庇う理由も思いつかない。あの謝罪は写真の流出と関係ないのだろうか。それにしても――。

静かにガラス戸が開いた。細身の女性が軽い足取りで入ってくる。ボアフードのついたモッズコートを着こみ、肩のあたりで髪を切りそろえている。頬が少し痩せたのか、奥目がちの瞳は以前よりも目立っていた。

「桂木さん、久しぶりだね」

よく通る、澄んだ声で挨拶し、高坂晶穂は白い歯を見せた。

「お久しぶりです」

繭はぎこちなく頭を下げた。

「ついこの前の気がするけど、四年ぐらい経ってるんだよね。最後に会ってから」

框に並んで腰をかけた晶穂は、自分のスニーカーを見下ろしながら言った。服にはあまり気を遣わない人で、大学の頃と着ているものはほとんど同じに見える。ただ、目元までちゃんと化粧をするようになっていた。

二度と会いたくない、顔を見るのも怖いと思っていたが、こうして肩を並べると懐かしさだけがこみ上げてくる。繭はこの人が好きだった。

「高坂さん、変わらないですね」

「変わったよ。もうアラサーだし」

頭の中で計算すると、確かにそうだった。繭の方も同じぶん年齢を重ねている。

「桂木さんは変わったね……昔とは、全然違う」

「これが本当のわたしです。大学では、無理してたので」

「そうなんだ。逆かと思った」

「えっ?」

思ったより大きな声が出てしまう。晶穂は軽く目を瞬かせた。

「別に、今は無理してるって意味じゃなくて。大学での桂木さんは、とてもいきいきしてて、自然に見えたから」

別人の話を聞いている気分だが、からかわれているわけではなさそうだ。彼女の目には本当にそう映っていたのだろう。世の中にはありえない誤解をする人もいる。

「この写真館は、なにも変わってないね」

目を細めて天井を見上げた。

「富士子さんが亡くなったなんて、まだ信じられない……あの時、わたし海外にいたの。雑誌の連載で長期取材に行っていて。それで、お葬式にも来られなかった」

きっと『世界の団地人』の取材だ。ためらいもなく祖母を「富士子さん」と呼んだことに驚いていた。

「祖母とは親しかったんですね」

「親しかったというか、お世話になったというか……ずっと連絡は取り合ってたよ。あなたが就職して、藤沢で一人暮らししてることも、富士子さんから聞いてる」

「……知りませんでした」

「わたしが知らせないで欲しいって富士子さんにお願いしたの。あなたは聞きたくないはずだし、わたしも距離を置きたかったから」

たぶん聞かされても耳を塞いでいただろう。それは当たっているが、疎外感も覚える。どうして教えてくれなかったのか、と身勝手に思ってしまう。

繭は琉衣の写真が入った袋を手渡した。

「これに入っている写真のこと、教えてもらえませんか」

中身を取り出した晶穂の表情が和んだ。

「いいって言ったのに、わざわざプリントしてくれたんだ、富士子さん……これはね、西浦写真館でわたしが撮った琉衣くんの写真。ちょうど三年前の今頃かな。カメラはわたしのだけど、照明とかは富士子さんから借りたの」

「祖母が、貸したんですか？」

繭はつい念を押してしまった。そう、と晶穂はうなずいた。

「あなたがなにを考えているか分かるよ。富士子さんが仕事用の機材を使わせるのは従業員だけ……どうしてわたしが借りられたのかってことでしょう？」

「……はい」

ここのルールは厳格だった。繭も写真について色々教えられたが、写真館の機材は使わせてもらったことがない。貸してもらっていたニコンEMは祖母が趣味の撮影用に買ったものだった。

「わたしには使う資格があったの。その頃、西浦写真館の従業員だったから。ここに住み込みで働いてたんだ」

繭は啞然とした。そんな話は初耳だ。公開されている晶穂のプロフィールにも、そんな情報はなかった。

「で、でも……高坂さん、確か三軒茶屋の写真スタジオに就職しましたよね……？」

プロの写真家としてデビューするまで、そこで働いていたと思い込んでいた。

「そこはつぶれたの。もともと経営が苦しかったんだけど、震災の後はもっと苦しくなって……従業員の再就職とか、退職金の支払いとか、後始末もろくにしないで、オーナーがいきなり四国に移住しちゃった。原発事故の影響でもう東京には住めない、とか言って。

それがあの年の七月だったかな。スタッフはみんな途方にくれてね……わたしよりもっと困ってる人がいて、貯金を貸したら戻ってこなかった。結局、わたしが一番困ってる人になったわけ」

晶穂は唇の端に自嘲めいた笑みを浮かべる。ふと、彼女の目の下にうっすらと影のようなくぼみがあることに気付く。ただの光の具合だとばかり思っていた。たぶん、この人は言葉にしているよりも多くの苦労を重ねてきている。

「とりあえず、今月の家賃を借りようと思って、鎌倉の実家へ行ったんだけど、結局言い出せなかった。わたし、ちょっと事情のある家庭で育って……親戚とうまくいってないの。両親は二人とも他界してるし」

繭は琉衣を思い出した。そういえば、二人は生い立ちやまとっている雰囲気がどことなく近い。繭が晶穂と接していて安心できたのは、そのせいだったのかもしれない。

「他に相談できる人はいなかったんですか？」

「絶対に話を聞いてくれる、地元の友達には心当たりがあったけど……その人は怪我で入院していて、それどころじゃなさそうだった。それにわたし、昔から自分のことを話すのは苦手なんだ。よく知っている相手だと、かえって話せないことってあるじゃない？」

「ええ……そうですね」

昨日秋孝に話すまで、あの時起こったことを誰にも話せなかった。河東にも指摘されたとおり、晶穂たちサークルのメンバーにも写真が流出した経緯を説明していなかった。

「実家からの帰りに、なんとなく江ノ島へ来たの。すぐそこの海岸で考え事をしていたら、写真館を閉めるところだった富士子さんに声をかけられて……疲れた顔をしてる、うちで休んで行けって強引にここへ連れてこられてね。

今、こうしているみたいに、框に腰かけて話しているうちに、仕事がなくなったこととか、お金に困ってることを全部打ち明けてた。そうしたら富士子さんが『よかったらここに住み込んで働きな』って。びっくりして最初は断ったんだけど、『好きなだけうちで過ごしていいんだよ。あんたみたいな若い子が生まれるずっと前から、ここはそういう場所なんだ』……」

淀みなく再現された言葉には聞き覚えがあった。大学の転部を打ち明けた時、ほとんど同じことを言われた。そういえば、秋孝の祖母も若い頃に実家を飛び出して、ここで働いていたらしい。昔から西浦写真館は行きどころのない者を受け入れてきたのかもしれない。

「東京からここの二階に引っ越して、写真館の仕事や家事を手伝うようになったの。富士子さんからは写真のことをたくさん教えてもらった。フィルムカメラってほとんど使ったことなかったから、ここで得た知識がすごく役に立ってる。

お客さんにも変わった人が多くて……悩んでたり、疲れてたりする人が立ち寄りやすい場所なのかもしれない。夏から働き始めて、秋になった頃かな。ふらっと琉衣くんが現れたの」

どくんと繭の心臓が波打った。

「どうして、琉衣はここへ来たんですか？」

お前の写真に人生を狂わされた——琉衣からのメールにははっきり書いてあった。繭の祖母が経営する写真館にわざわざ来た理由はなんだろう。

「なんて言ったっけ。彼が信じてた宗教の……」

「『教主さま』」

「そう。その声に勧められて来たって言ってた。誰もこの写真館にいるとは思わないし、受け入れてくれるはずだからって。富士子さんは彼とあまり面識なかったみたいだけど、やっぱり『好きなだけうちで過ごしていい』って」

どんな様子だったのか目に浮かぶようだった。きっと繭が初めてこの写真館へ来た時と同じだ。

「でも、ここの生活にはすぐ馴染んでた。生まれ育った場所に似てたみたいね」

そういえば、琉衣が生まれ育ったのは小笠原の離島だ。相模湾（さがみわん）の中にある江ノ島とは比べられないが、似通ったものはあるだろう。

「三人で生活するのは楽しかったな。誰も血が繋がってないのに、本当の家族みたいだった。琉衣くんは写真の仕事はしたがらなくて、この近所でバイトしてたけれど」

「江ノ島の中でですか？」

「そう。富士子さんの紹介で、偽名を使ってね。元芸能人って誰にもバレなかったみたい。彼、目立たないように振る舞うのが上手だった」

写真館の仕事をしたがらないのは当然だ。写真が原因で芸能界を去ったのだから。

「……琉衣はなにか言ってました？　わたしのこと」

本当は琉衣の言葉だけではなく、晶穂の反応も知りたかった。あの頃、繭をどう思っていたか――心の中では沢井のように嫌っていたのか。晶穂は前を向いたまま、おもむろに口を開いた。

「滅多に話さなかったかな。桂木さんのことだけじゃなくて、過去のことには触れないようにしてた感じ。わたしも触れたくなかったし……でも、わたしがあなたの先輩で、写真を流出させた容疑者だと思われてるってことは、もちろん知ってたよ」

藺の唇が凍りついた。まさか晶穂の方から核心に触れてくるとは。しかし、あなたが流出させたんですか、と尋ねるほどの勇気は出なかった。

静まりかえった写真館の外から、かすかに鈴の音が聞こえた。ここの猫が着けていた鈴だった。重い空気から逃れるように立ち上がり、藺はガラス戸を開けた。

ぎょっと目を瞠る。建物の角あたりに、作務衣姿の男が白い猫を抱いて立っていた。外にいた猫をここまで連れてきたのだろう。路地の切れかかった電灯に浮かび上がった姿は、奇妙に現実味がなかった。

「あ……」

声をかけようとしたが、言葉にはならなかった。彼は藺から目を逸らして猫を地面に下ろす。猫が鈴を鳴らして写真館に駆け込む姿を見届けずに、向きを変えて去っていく。

作務衣の背中が大通りへと消えていった後も、胸の鼓動が治まらなかった——まさかこんなところにいるとは。ひょっとすると、藺たちの会話も聞いていたのかもしれない。

「あ、ヨナ」

嬉しそうな声に土間を振り返る。ストーブの前に座っている猫が、晶穂にごしごしと背中を撫でられている。

「久しぶり。お前、まだこの家にいたんだね」

ヨナと呼ばれた猫は上機嫌で喉を鳴らしている。晶穂が繭を見上げた。

「この子、誰が世話してるの？」

「たぶん、写真館を管理して下さってる方が……その猫、知ってるんですか？」

「琉衣くんが拾ってきて、世話をしていたの。飼い主のいない島猫だったけど、病気で弱ってるのを見ていられなくなったみたい」

どうしてこの写真館に猫がいるのかやっと分かった。飼い始めたのは祖母ではなく琉衣だったのだ。繭が近づいていくと、猫は和室に駆け上がって距離を置いた。黒々とした瞳にははっきりと警戒の色がある。

「写真館に住んでいる人じゃないと、絶対に近づかせないんだ。この島で育ったわりには警戒心が強くて」

少しここに出入りしている程度では認めてくれないようだ。繭たちが和室との境にある框に戻ると、猫は怯（おび）えたように廊下へ走り去っていった。

晶穂は琉衣の写真を手に取った。

「この写真の話だったよね」

はい、と繭はうなずいた。

「次の年が明けた頃、わたしも琉衣くんも出て行くことになったの。わたしはプロの写真家にアシスタントとして雇われることになって、琉衣くんは『教主さま』にそろそろここを離れるよう助言されたみたい。今は長く同じところにいない方がいい、とかって」

最後に見た琉衣の顔が繭の脳裏をよぎった。彼は「教主さま」の助言に従い続けているんだろうか。

「それで、西浦写真館で過ごした記念に、自分を撮影して欲しいって頼まれたの。琉衣くんから」

「……嘘ですよね」

「本当だよ。撮られることへの恐怖はあるけど、克服する努力をしたいって」

確かに本人が自分でポーズをとらなければ、こんな写真は撮影できない。でも——。

「どうしてわざわざこの構図なんですか。あの写真に似せるなんて」

「それも彼のリクエストだったから」

借り物ばっかりだな、という琉衣の冷たい声が蘇った。そんなはずはない。とても信じられない。

「あの写真に傷つけられたのは確かだけど、素晴らしかったって言ってた。他の写真とは違う……わたしも同じことを思ってた。大学時代にあなたが撮った中で、あの写真が一番よかった」

繭の心は動かなかった。あの写真に今さらどんな価値があったとしても、もう意味のないことだ。どんなに悔やんでも時間を巻き戻せないことは、この四年で嫌というほど分かっていた。

「でも、桂木さんみたいには撮れなかったな。構図とかは似せられても、あの質感がどうしても出なかった。プリントする前に、編集ソフトで色々調整したんだけどね」

「あれはデジカメじゃなく、ニコンEMで撮ったんです。祖母から借りたカメラで……二階のスタジオにあったと思いますけど」

「ああ、フィルムカメラだったんだね……知らなかった」

そういえば、どんな風にあの写真を撮影したのか、晶穂に話した記憶がない。他の人にも話していなかったと思う。

「琉衣くん、教えてくれればよかったのに」

残念そうに唇を尖らせる。

「琉衣はカメラの種類とか、全然分からないんですから」

特殊な環境で育ったせいか、琉衣は機械に疎かった。見分けがつくのは一眼レフとコンパクトカメラぐらいだろう。

「あっ……」

繭の口から小さな叫びが洩れた。昨日の夜電話で聞いた言葉が次々と蘇ってくる。目に見えるものが色彩を失い、遠ざかっていくようだった。

気を失ってしまうかと思った瞬間、すべてが一つに繋がった。

(……そうだったんだ)

膝の上の両手を固く握りしめる。

(でも、どうしてそんなことを)

動揺が少しずつ治まっていく。繭はさっきまでと同じく、晶穂と並んで框に腰かけている。急に視界がくっきりと拓けた気分だった。

「桂木さん、気分でも悪いの?」

怪訝そうに晶穂が話しかけてくる。

「大丈夫です……」

繭は首を横に振る。もう一つ、確認したいことがあった。

「そういえば……沢井さんは高坂さんのこと好きだったんですね。大学生の頃」

思い出したように言うと、晶穂は決まり悪そうに目を伏せた。半分はったりだったが、当たっていたらしい。

「うん。わたしが卒業する直前、告白されたの。彼のことは別に嫌いじゃなかったけど、あの頃はまだ男の人と付き合う気になれなくて、断るしかなかったんだ……それがどうかした？」

「いえ……ただ」

繭は言葉を切った。今の答えでだいたい分かった。

「高坂さんは、全部知ってたんだなって……四年前のあの夜、誰が写真をネットに流したのか」

晶穂の顔色が変わった。ストーブの炎を見つめる瞳は、ずっと遠くに焦点が合っている。

「たぶんこうだろうな、というぐらいで、証拠はなにもなかったよ。向こうも否定しただろうし。だから、桂木さんにもはっきり言えなかった。疑われてるのは分かってたけど」

「……すみません」

「ううん。無理もないよ」

大学に入ってから、繭はずっと自分で買ったデジタル一眼レフのニコンＤ３００を使っっていない。

ていた。あの夜、ニコンEMを引っ張り出すまで、一度もアナログのフィルムカメラは使っていない。

昨日、電話で話した時、芦辺葵は「フィルムって店に現像を頼むでしょう？」と言っていた。河東はもっとはっきり、流出したのは「ネガ」だと口にしていた。

彼らはどうしてあの画像がデジタルカメラで撮影されたものではないと知っていたのだろう。あの夜の状況を繭は誰にも説明していない。河東自身も繭は自分の質問ばかりで、他人の質問には答えなかったと怒っていた。

あの頃でもフィルムカメラを使っている人間はまれだった。繭も彼らの前で使ったことはない。画質からはもちろん判断できないはずだ。写真家の晶穂ですら分からなかった。あの写真がフィルムカメラで撮影され、プリントではなくネガが流出したと知っているのは、繭がSNSに写真をアップした時、書き添えた撮影情報を読んだ者だけだ。

あの夜、彼らは劇団の稽古合宿で携帯の電波も入らない廃村にいた。繭は電波の状況について劇団の他のメンバーに確認を取ったが、葵たちが夜中に外出したかどうかまでは尋ねなかった。四人の中で免許を持っているのは沢井だけだったし、彼はふもとに行かなかったと葵たちが断言したので、なんとなく納得してしまっていた。

葵と河東はあの写真が撮影された状況を知っていた。つまり繭のコメントを読んでいるか、少なくとも読んだ人間から話を聞いている。あの夜、沢井は車を運転してふもとのコンビニに行ったのだろう。四人のうち何人が同乗していたかは分からない。とにかく誰かがそこでネットを見て、あの写真を流出させたのだ。

いずれにせよ、彼らが揃って口裏を合わせたということは――。

「わたしたち以外の四人全員が、グルだったんですね」

繭はつぶやいた。

「……わたしもそう思う」

苦々しげに晶穂も同意する。それに気付いていたから、この人は団地サークルのメンバーと疎遠になったのだ。

「中心になっていたのは、芦辺さんですか?」

葵はただ一人だけ繭と連絡を取り、近況を聞き続けていた。好意を持っていなかったとすれば、誰よりも強い悪意があったとしか思えない。

「……芦辺さん、見た目よりも陰湿なところがあってね。あなたがいない時、サークルの集まりに顔を出したら、彼女があなたの悪口を言い続けてることがあったの。他の三人もそれに同調していて……いくらわたしが止めても聞かなかった。なんだか、異様な雰囲気だなって思った」

「悪口の原因って、わたしが言ったからじゃないですか？　『サークル内でわざわざ恋愛する奴はバカだ』って」

「そこまで分かってたんだ……」

分かったのはたった今だ。決してお互い仲のよくない、性格もばらばらの四人が結束する理由を他に思いつかなかった。藺があの暴言を吐いた時、彼ら四人は全員サークル内に好きな相手がいた。現に葵はあの時腹が立ったと言っていた。そして「すぐにどうでもよくなった」と。まだサークル内で小此木と付き合っていたのに、どうして怒りを失ったのか——たぶん復讐が済んだからだ。

葵が藺と連絡を取っていたのは、真相に辿り着かないよう監視する意味もあったのかもしれない。現に晶穂の連絡先を尋ねると、彼女は突然サークル外に真犯人がいる可能性を持ち出してきた。

おそらく小此木や河東にも先回りして警告していたはずだ。そういえば、電話を替わる前から、河東は藺が晶穂の連絡先を聞きたがっていると知っていた。沢井のもとには小此木から連絡が行っていた。

四人の中で沢井だけは罪悪感を持っていたのだろう。だからあんな風に謝ったのだ。

「桂木さんは、どうしたい？」

「どうって……」

「あの四人を問い詰めて、白状させたい？」

藺はしばし考えた。自分の仮説が本当だとすると、許せない気持ちはある。同時になにをしても取り返しがつかないことも分かっていた。それに、なんの証拠もない。

「……もう、関わりたくないです」

と、藺は答えた。今後、葵と話すことはないだろう。そもそも彼女から二度と連絡は来ない気がする。

「琉衣が望むなら、話は別ですけど」

あの件の被害者は琉衣だ。藺にどうしたいかを決める資格はない。

「琉衣くん、望んでなかったよ」

当たり前のように晶穂が答えた。

「え？」

「ここのスタジオで写真を撮った後、尋ねられたの。『あなたは写真をばらまいていないと教主さまも言ってる、でもあの時の事情を知りたい』って……だから、わたしが見聞きした範囲のことは話した。彼には誰が犯人か伝わったと思う」

「琉衣、なんて言ったんですか」

『写真を広めた人たちにはもう怒っていない、本当のことが知りたかっただけで、なにもする気はない』」

琉衣らしいと繭は思った。悪意をぶつけられたり、傷つけられることはあっても、最後には必ず許していた——もちろん、なにごとにも例外はある。

「わたしには、怒ってたんですね」

晶穂は返事をためらった。慎重に言葉を選んでいるのが伝わってきた。

「……もしどこかで会っても、話したくないとは言ってた。あなたに対してだけは、どうしても気持ちの整理がつかないんだって」

写真館のどこかで柱時計が鳴った。そろそろ話を終わらせた方がよさそうだ。猫だけではなく、二階の住人も帰ってきてしまう。

「出発する日、いつかここへ戻ってくるって、琉衣くんは言ってた……また話せるといいね、彼と」

繭は祈っている琉衣の写真を見つめる。話せるかどうか、それは彼の気持ちしだいだ。今の繭には待つことしかできない。

すっかり人通りの絶えた坂を下り、繭は一人で大きな鳥居をくぐる。今日中に片付けなければならない仕事があるとかで、晶穂は先に帰って行った。

「さっきよりも、いい顔になってる」

別れ際に晶穂が言った。

「大学の頃、桂木さんは時々そういう顔をしてた。写真の話をした後とか。とても狭い範囲だけど、自分の好きなことになると、すごく感覚が鋭くなるの……そういう人、たまにいるんだよね」

それは繭のような凡人ではなく、晶穂のようにプロの写真家になれる人だと思う。そう告げると、彼女は首を横に振った。

「わたしは鋭くも鈍くもないんだ。バランスが取れてるだけ。なにかに針が振れすぎてる人よりは周りが見えるから、今はこの仕事ができてる……でも三年先は、どうなってるか分からない」

繭には納得ができなかった。だったら、バランスを取れることが突出した才能ということになるんじゃないだろうか。「感覚が鋭い」だけの人間が、なんの結果も残せないことに変わりはない。

また会おうね、と言い残して、彼女は去っていった。葵の場合とは違って、彼女とは本当にまた会う気がする。いつになるかは分からないけれど。

島の外へ通じる弁天橋の手前を折れて、芝生の敷かれた海辺の広場に入った。転落を防ぐための柵に近づくと、潮の香りが強くなる。向かいにある片瀬海岸沿いの国道を、車のライトが川のように流れていく。湘南の海岸を外から眺められるのは江ノ島だけだ。

今日一日で色々なことを知りすぎて、頭と心の整理が追いつかない。

写真館の管理人のことも気になっていた。なにかこちらの事情を知っているかもしれない。祖母からただ建物の管理を任されているだけではなさそうだ。

「桂木さん」

振り返ると、黒いトレンチコートを着た秋孝が立っている。昔からありそうな形のコートで、ますます古い写真の中にいる人物に見えた。そういえば、真鳥家の別荘はここからあまり離れていなかった。

「どこか出かけるんですか？」

繭は尋ねる。島の中にある店はほとんど閉まっているはずだ。

「ちょっとコンビニに行こうと思って」

コンビニは島の外だった。それなら方向は一緒だ。繭は秋孝と一緒に、人も車も絶えた橋を歩き始めた。

「高坂さんは写真館に来たんですか？」

「はい……先に帰りました」

繭は四年前の真相をかいつまんで話した。自分を嫌っていた四人の先輩たちが写真をネットに流したこと、その後琉衣と晶穂が西浦写真館で知り合ったこと――そして、琉衣がまだ自分を許していないことも。

「小さなことでも見逃さないなんて、間違ってましたね」

秋孝の祖母が持っている写真の謎を解いた時、言われたことを思い出していた。

「こんなに大きなことを見逃してきたんだから、鋭くもなんともないです」

「十分鋭いんじゃないですか。サークルの人たちが秘密にしていたことを、誰の助けも借りずに突き止めたわけだから。卑下する必要はないですよ」

励まされて、卑下しているわけではないと気付いた。自分を鈍いと思いたかったのだ。四年前、思ったよりも多くの人に嫌われていて、今も肝心の琉衣からはまだ許されていないと突き止めてしまうよりはいい。

波打ち際の上を通りすぎると、波の音が一層大きくなった。

前からよろよろと走ってきたトラックが、路肩にタイヤをこすりつけて停止する。真っ白なヘッドライトが二人をくっきりと照らし出した。

秋孝の目と口が深い穴のように開く。立ちすくんだままぴくりとも動かなくなった。

「なにかあったんでしょうか」

繭の言葉にも反応しない。

運転席から男が降りてきて、リアタイヤを確かめている。どうやらパンクしたらしい。

車通りはほとんどなく、大した危険もなさそうだ。秋孝はその光景を食い入るように見つめていた。顔が青ざめて、今にも倒れそうだった。

「真鳥さん？」

肩を叩こうとする。指先が触れた途端、彼はびくっと体を震わせた。やっと繭の存在を思い出した様子で、ぎこちなく微笑んでみせた。

「すみません。ちょっと驚いてしまって……行きましょう」

二人は再び歩き出した。トラックの横を通りすぎる時も、秋孝は目を向けようとしなかった。ちょっと驚いた、という程度の反応ではない。明らかに怯えていた。

「どうかしたんですか」

質問に返事はなかった。だから繭もそれ以上訊くのをやめた。たぶん、今の光景でなにかを思い出したのだ。秋孝にとってはとても大事なこと——簡単に口には出せないことを。

他人に話せないことがあっても不思議ではない。繭はそのことをよく知っている。

第三話

辻堂の方で大規模な停電が起こっているとラジオのニュースが告げている。

船の形をした貝細工が珍しく外国人の観光客に売れた後、土産物屋には誰もいなくなった。平日の昼下がり、店に入ってくる客はあまりいない。停電とは関係ないだろう。今日の江ノ島は人通りも少ないようだ。

立川研司はレジの前に座ったまま、難しい顔つきでシルバーの太い結婚指輪をくるくる回している。悩みごとをする時の癖だったが、今日の原因は他でもない。研司自身が五年前に作った、この無骨な結婚指輪そのものだった。

「研司くん、ポップ用の蛍光ペン、そっちに予備ないかな」

妻の陽子(ようこ)が座敷から顔だけ出してくる。丸みを帯びた柔らかな声に、むっつり結んでいた口元がひとりでに弛(ゆる)む。いつもながらきれいな声だ。初めて会った時からなにも変わらない。

「ちょっと待って」

レジ台の下を覗き込む。店は夫婦二人で切り盛りしている。両親は店の経営を息子たちに任せて、奥の母屋で幼い孫娘の面倒を見てくれている。

高校を卒業した後、研司が地元の仲間と遊び回っていた頃は衝突してばかりだったが、店を継ごうと真面目に働き出してからは口喧嘩一つなくなった。経営は決して楽ではないものの、日々の暮らしはきちんと立っている。五年前に結婚した陽子との間に娘もできた。平穏無事な日々だと言っていい。

ただ一つ——胸に隠している秘密がある。

(放っとくわけにもいかねえよな、あれ)

あまり時間の猶予(ゆうよ)はない。そのことに気を取られつつ、床に膝をついて奥にしまいこんだ段ボール箱を両手でつかんだ。まるで土下座だ、と思った瞬間、生々しい記憶が蘇った。五年前、研司はちょうどこんな格好で叔父の修(おさむ)に向かって頭を下げていた。

立川修は父親の弟だった。「人生は楽しく自由に気持ちよく」が口癖で、同じ仕事を長く続けたことがなく、生涯独身のまま過ごした。実家の土産物屋を手伝うこともあれば、西浦写真館に住み込んで働くこともあり、島どころか国まで出て何年も放浪していることさえあった。大人たちからは呆れられていたが、似たような状況の若い研司にとっては数少ない親戚の相談相手だった。

土下座をしに行ったのは、近所にある旅館の従業員寮だった。当時、叔父は五十をとうに過ぎていたが、アルバイトのような身分で働いていた。

「叔父さん、金貸してくれ」

金とは縁のなさそうな叔父の前で、研司は畳に額をこすりつけた。他に頼れそうな相手を思いつかなかったのだ。

「金かあ……」

叔父は困り顔で袖をまくり、痩せた腕をかいた。休みの日だというのに、従業員に支給される紺の作務衣を身に着けている。まともな普段着を持っていなかった。

「結婚したい人がいるって話と、なんか関係あんのかい」

頭を下げたままうなずく。もともと日々を適当に暮らしていた研司が、店を継ぐ気になったのは陽子に出会ったからだった。

つるんでいた仲間の結婚が決まり、研司は生まれて初めて礼服を買うことにした。なにをどう買えばいいのか分からず、高級な店なら間違いはないだろうと藤沢駅前の老舗（しにせ）デパートに出かけていったところ、紳士服売り場で働いていたのが陽子だった。

肌の白さは目を惹いたが、これまで研司が興味を覚えたことのない、いかにも真面目そうなタイプだった。しかし、なにかお探しですかと話しかけられてから、一分もしないうちに研司は恋に落ちていた。礼服のマナーについて説明してくれる声があまりにも美しかったのだ。発する一言ごとに足の裏からぞくぞくと震えが立ちのぼった。こんな声の人間がいるのかと思った。よく見れば目鼻立ちもくっきりと整っている。勧められるままにベルトやポケットチーフまで買い込み、会計が終わる頃には真剣に結婚を考え始めていた。

その日から始まった研司からの熱烈なアプローチに、陽子は戸惑いを隠さなかった。彼女は研司より六歳年上だった。若い頃の恋愛にいい思い出がなく、結婚にも積極的になれないまま、気がつくと三十歳を過ぎていたという。このまま独身でもいいかと思い始めた頃、現れたのが研司だったらしい。

何度もデパートに通って必死に誘い、とりあえず健全にデートするだけの付き合いが始まった。嫌々やって来るわけでもなさそうだが、研司に恋愛感情を抱いているようにも見えなかった。やんちゃな弟に優しく付き合ってくれる姉、という風だった。

そこへ静岡にある陽子の実家から見合いの話が舞い込んできた。相手は彼女と同い年で、県内一を誇る製菓会社の御曹司だという。

仰天したのは研司だった。心を入れ替えて実家の店で働き始めていた。このまま金を貯めて指輪を買い、プロポーズするつもりだったのだ。ぐずぐずしていたら静岡の男にかっさらわれる。指輪を買うのにまとまった金が必要——。

「指輪なしでプロポーズできねえのか？」

叔父が尋ねてくる。もっともな疑問だったが、それはさんざん実行していた。会うたびに愛してるとか結婚したいと繰り返していたので、もはや挨拶代わりにしか思われていなかった。本気だと分かってもらうにはよほどのものが要る。そう説明すると、修はしんみりとため息をついた。

「お前、バカだもんなあ……俺に似て」

研司は顔を上げる。ここまで聞いても貸すと言わないのは、本当に金がないからだろう。無理なものは無理だったか、と諦めかけた時、叔父は急にぴしゃりと膝を叩いて立ち上がった。

「しょうがねえ。奥の手を使うか」

「……貸してくれんのか？」

「俺が貸すわけじゃねえ。あるところから借りるんだよ。できるかどうか、行ってみなきゃ分からんが」

「あるところって……」

一体どこだろう。自分と同じく、この叔父にまとまった金を貸してくれる相手がいるとは思えない。

「西浦写真館だよ。富士子さんのところだ……まあ、ついてきな」

まるで自分の家に帰ってきたように、修は西浦写真館の表のガラス戸を黙って開けた。

叔父がここに住み込みで働いていたのは二十代の頃だと聞いている。前触れもなく置き手紙だけで飛び出していってしまい、それ以来富士子には顔を合わせるたびに説教されるという。叔父にとっては頭の上がらない相手だ。

「……こんにちは」

続いて入った研司が、代わって声をかける。返事はなかった。今はいないらしい。

「この時間はたいがい留守なんだ。本人は気がついてねえが、タバコを切らして買いに行くのがだいたい今頃なんだよ」

叔父はなぜか安心した様子で、軽やかに二階へ上がっていった。いない人間から金を借りることはできない。どうする気なんだろうと訝りながら研司も古い木の階段を上がった。そもそも留守の間に勝手に入り込んで大丈夫なんだろうか。

まだ日の傾く時間ではなかったが、明かりの落ちた二階のスタジオは薄暗かった。修はさらに光の届かない隅にある、大きな木製のキャビネットに近づいていった。扉や脚にもびっしりと模様が彫りこまれている。大昔からここにありそうな、重厚感溢れるアンティークの家具だ。叔父が開けた扉の中にも、つやつやした分厚いカーテンがかかっている。

「え？」

研司は我に返った。なんで勝手にキャビネットを開けてるんだろう。叔父は鼻歌交じりにカーテンの合わせ目から手を差し込んで、奥からなにかを引っ張り出した。

「おっ。よかった。まだあるじゃねえか」

満面の笑みで振り返り、手の中にあるものを研司に向かって放り投げた。受け取ったそれはずしりと重い、いびつな形をした金属の塊だった。鈍い銀色の光沢を放っている。

「叔父さん……これって」

「一応、純銀だ。これを借りちまおう。売ってもいいし、何なら自分で溶かして指輪を作ってもいい。俺が譲ってやった道具はまだ持ってるだろ」

シルバーのアクセサリーなら何度か作ったことがある。妙に手先の器用なこの叔父から、銀細工のやり方を教わったのだ。手製の銀の指輪をプレゼントする。悪くないアイディアだったが、ふと根本的なことに思い当たった。

「あれ、富士子さんの許可は……」

「許可を取るほどのもんじゃねえよ。もともと俺が働いてる頃、こっそりしまい込んでたんだ。こんなものがあるなんて、富士子さんも知らないと思うぜ」

「なんだ。じゃ、これ叔父さんのか」

沈黙が流れる。いや、それなら今までここに置いてあったのはおかしい。修は屈託のない笑顔を浮かべていたが、突然場違いに景気よく両手を叩いた。

「ま、あんまり気にすんな。黙って借りていくだけだ」

「いやいや待った待った、それじゃ泥棒じゃねえか」

冷や汗が脇ににじんだ。どういう事情か知らないが、西浦写真館の財産だったものを、叔父がここに隠していたのだろう。

「泥棒ってほどじゃねえさ。ごみみたいなもんだから」

ごみのわけがない。盗んだもので指輪を作るなんて考えたくもなかった。研司はキャビネットに近づいて、カーテンに手をかけた。元に戻して忘れるつもりだった。修が驚いたように甥の腕をつかむ。

「待て。大丈夫だ。お前が心配するようなことはねえ。問題がないことは俺が保証する。万が一の時は俺が責任を持つ……ここで返しても構わんが、誰かまとまった金を貸してくれる奴はいるのか？　サラ金以外で」

それを言われると研司も弱かった。急に働き出した一人息子を、両親はまだ疑いの目で見ている。女のことで借金したいなどと言い出せる雰囲気ではない。以前の仲間たちは研司と同じく金を持っていない。もちろん、西浦富士子も貸してくれないはずだ。

「でも、まずいだろ……黙って持ってったら」

叔父は優しく研司の肩に手を載せた。

「そこまで心配なら、俺とお前の名前で借用書を置いていこうや。金ができたら銀を買って富士子さんに弁償すればいい。俺も一緒に頭下げるからよ。ひとまずそうしような？」

叔父は返事を待たずに、そばにある机の引き出しから厚めの紙と万年筆を見つけてきた。研司は黙ってしまった。まずバレっこないという言葉が頭の中でこだまする。だったら別にいいんじゃないか、とつい思ってしまった。他の方法も思いつかない。

置き手紙はすぐに書き上がった——「このキャビネットに入っていた銀塊、お借りします。二〇一〇年三月一〇日　立川修・研司」。これでいいか、と見せられてうなずく。

叔父は机の上できちんと紙を畳むと、カーテンの合わせ目から手紙を押し込んで、ばたんと扉を閉めた。

それから、あっという間に五年が過ぎた。

「……これでいい？」

土産物屋のカウンターの下で、研司は段ボール箱を閉じて立ち上がった。蛍光ペンのセットを妻の陽子に手渡す。

「ありがとう」

笑顔で礼を言われた。彼女の薬指には今もあの時に贈った太い指輪が光っている。馬鹿げたプロポーズだということは自覚していたし、あまりうまく行く気もしなかったが、意外にも陽子は感激のあまり泣き出してしまった。

いかにも遊び慣れている若い研司に愛されているとはどうしても思えず、冗談で口説かれているか、さもなければ一時の気の迷いだと自分に言い聞かせていた。しかし本当はデートを重ねるうちに研司の優しさや繊細さに惹かれていったのだという。見合いの件は両親の顔をつぶさないようにと受けただけで、断ることに決めていた――。

後は気味が悪いほどとんとん拍子に話が進んだ。二人の結婚にどちらの両親も反対せず、親戚だけで内輪の式を挙げることに決まった。陽子はデパートの仕事を辞めて、研司が継ぐことになった土産物屋を手伝い始めた。観光業にもともと興味があり、デパートの接客で培ったスキルを活かしてみたいと言う。観光協会の集まりにもさっそく顔を出した。

例の指輪はあくまでも決意のほどを示しただけで、正式な婚約指輪や結婚指輪は改めて買うつもりだったが、彼女は銀の指輪で十分と買わせようとしなかった。同じものを研司くんも持って欲しいと言われて、サイズ違いを作って結婚指輪の代わりにした。

結婚指輪を二つ作らせた代わりに、式の費用を多めに負担すると陽子は申し出てくれたが、冷や汗をかきながら断った。指輪についていて研司はなにも負担していない。材料の出所は西浦写真館だ。溶かして型に入れる過程で何度も失敗し、二つ指輪ができた時にはすべての銀を使い切っていた。

西浦富士子はなにも言ってこなかった。叔父の予想どおり気付いていなかったのかもしれない。こつこつ働いて銀を買い、謝罪とともに返すつもりでいたが、籍を入れてから数ヶ月で陽子が妊娠し、続いて研司の父親が脳卒中で倒れてしまった。幸い父に後遺症はほとんど残らず、陽子は無事女の子を出産したが、リハビリにも子育てにも金は必要だった。身辺の出来事に追い回されるうちに、銀塊の件はすっかり後回しになっていった。

二年前の秋、叔父の修が末期の肝臓がんを患っていることが分かった。病室で二人きりになった時、例の銀塊が話題に上ったが、その頃も弁償などできる状況ではなかった。叔父の入院費は研司夫婦が負担していたのだ。

「お前は心配しなくていい。俺が責任を持つって言ったろ」

叔父はあの時と同じ言葉を繰り返した。しかし、あの借用書には研司の名前も入っている。お前は意外と気の小さい奴だな、大丈夫だと声を上げて笑った。笑い声を聞いたのはそれが最後だった。叔父は年も越さずに他界した。

しばらくすると富士子まで亡くなり、借りたものを返す相手まで失った。遺族への謝罪も考えていたが、いくら弁償すればいいのか分からずに二の足を踏んでいた。重さだけで考えれば大した値段にはならないはずだが、素材以上の価値があるのかもしれない。普通はあんな形で貴金属を置いておかないだろう。

先週の土曜日、西浦富士子の孫が遺品の整理にやってきた。返す相手はもうこの世にいないが、問題はあの時叔父が書いた借用書だ。富士子が気付かずじまいだったとしたら、まだあのキャビネットに入りっぱなしになっている可能性がある。

あの借用書が見つかる前に、桂木繭という娘に事情を打ち明けるのがいいことは分かっている。分かってはいるが、別の考えも頭を離れない。あれがなければ——仮にまだあったとしても、こっそり処分してしまえば、このことは誰にも気付かれずに終わるんじゃないか？

今日は木曜の平日だ。桂木繭は仕事が終わってから、数時間だけ写真館の整理に来ているという。昼間、あの建物に人はいない。猫が出入りできるように裏口はいつも開いている。

「研司くん、そろそろ昼休みに入ったら？　わたしがレジ代わるから」

書き上げたポップを手に、陽子が座敷から下りてきた。そして、まじまじと夫の顔を覗き込む。

「具合でも悪いの？　顔色悪いけど」

「いや、なんでもねえ……元気元気」

笑顔を作って見せる。なにより恐ろしいのは彼女にすべてを知られることだ。他人様のものを持ち出して結婚指輪を作ったなんて言い訳のしようがない。返す相手もいなくなった今になって、妻や娘を失いたくなかった。

「今日は外でメシ食ってくるよ」

平静を装って立ち上がった。

「……少し、戻りが遅くなるかもしれない」


研司は西浦写真館の前に立った。

表のガラス戸は鍵がかかっている。やはり今は誰もいない。建物の角から裏口へ回ろうとして、研司はぎょっと立ちすくんだ。メガネをかけた作務衣姿の人影が前から歩いてくる。富士子から西浦写真館の管理を任されている男だ。晩年の叔父と同じように旅館で働いている。年は叔父より下で、研司よりは上だ。

「研司さん？　どうしました？」

男も驚いているらしい。写真館の敷地に入り込んでいるのだから、ちょっと通りかかったという言い訳は通らない。

「いや、ちょっと……そっちは昼休み？」

名前を思い出せなかった。昔からそういうことを憶えるのが苦手だ。ただ、商店街の新年会で本人から聞いた経歴は頭に残っていた。何年か前まで大手銀行に勤めていたが、色々あって辞めたという。「色々」の中身は聞かなかったが、深い事情がありそうだった。

気晴らしに江ノ島を訪れて、若い頃に記念写真を撮った西浦写真館にも立ち寄ったところ、富士子に旅館の仕事を紹介されたという。事情を抱えた人間に富士子はとても親切だった。研司の叔父とも一緒に働いていた。

あの旅館では事情のある人間がよく働いているらしい。人手不足のせいか、島民から紹介された者や、以前働いていたことのある者はとにかく雇っているそうだ。偽名で紛れ込んでいる者もいると叔父から聞いたことがある。

「はい。時間があったので、朝食の皿を洗いに来ました」

白い猫が鈴を鳴らしながら、二人の足下を通り抜けて路地に駆けていった。住んでいる者に食事を出すのも管理人の仕事になっているようだ。

「それで、研司さんは？」

重ねて訊かれる。見られた時の言い訳を考えていなかったのは失敗だった。

「あー、なんていうかな。さっき思い出したんだけど、富士子さんに預けてたというか、頼んでたものがあったんだよ……処分される前に、引き取りたいと思って」

しどろもどろな言い訳だったが、なぜか男は納得したようにうなずいた。

「写真ですか」

「写真……？」

「違いましたか？　客に引き渡せなかった写真がかなり残っていて、お孫さんたちが渡そうとなさっているようですが……」

「そう、それそれ！　こっちもうっかり取りに来るのを忘れててよ」

研司は話に乗っかった。渡りに船だ。

「そうですか。でも、わたしは旅館の仕事に戻る時間ですから……夜ならお孫さんがいると思いますよ」

「今、俺がちょっと一人で入って捜していいかな。場所はだいたい見当がついてるから」

管理人は眉を寄せた。立場上、認めるのはまずいと顔に書いてある。

「ここんとこ夜は忙しくて、来られるかどうか……大したもんじゃねえけど、できればあんまり人には見せたくない写真なんだよ。富士子さんだから現像は頼んだけど」

　ふと、相手は表情を弛めた。意外に人がいいらしく、考えていることがいちいち顔に出る。

「まあ、いいでしょう。まだ整理中のようですから、あまりものを動かさないでいただけますか。二階の奥には入りませんよね？」

「もちろん。そんなところにあるもんじゃねえし」

　二階の奥は従業員の部屋で、今もまだ使われているはずだ。研司は他人のプライバシーを覗きに来たわけではない。あの借用書さえ回収できればそれでよかった。

「猫が出入りするので、帰る時は裏口の戸を少し開けていただけますか」

「分かってる分かってる。こっちもパッと捜してパッと出るから」

「よろしくお願いします。では、わたしはそろそろ……」

　管理人が立ち去りそうな気配を見せた時、

「……ぼくも手伝いますよ」

　背中に声をかけられて、研司はぎょっと振り返った。黒いコートを着た長身の男がにこにこ笑っている。すっきりした顔立ちで髪は短い。最近見かける顔だったが、やはり名前は出てこなかった。

管理人が行ってしまったので、研司は新しく来た男と写真館に入るしかなかった。管理人も男の名前までは知らなかったらしく、紹介もしてくれなかった。二人になってから「真鳥」という名字を聞き出して、やっと納得が行った。その表札のかかっている大きな別荘がヨットハーバーの近くにある。横浜で総合病院を経営している金持ち一家だと聞いている。さほど親しいわけではないが、何年か前に真鳥姓の青年とまさにこの写真館で立ち話をしたことがある。今、目の前にいる彼とは初対面だった。

「土産物を売っているお店の方ですよね。仲見世通りの。よく前を通ってます」

男っぽい容姿だが、のんびりしたペースでよく喋る。

「ぼく、ここの整理を手伝っているんです。人手が足りないみたいだったから。ここは古いものが沢山残ってますよね」

そうだなあ、と研司はいい加減な相づちを打つ。残念ながら男は立ち去る気配を見せない。ここの整理を手伝う人間がいるという話は聞いていた。この場にいるのが不自然なのはむしろ研司の方なのだ。

「桂木さんって、どんな子供だったんですか？」

どうすれば一人になって家捜(やさが)しできるか、そればかり考えていたので、いきなり変わった話題にあまり疑問を持たなかった。

「桂木さんって、繭ちゃんか？」

研司は上の空で聞き返す。

「はい」

「……なんか、カメラ持って色んなところをバシバシ撮ってたかな。それ以外は今とあんまり変わってねえんじゃねえか」

一時期、変なサブカル女っぽいファッションになって、今みたいにまた地味になった。その後はしばらく姿を見せなかった。あれはなんだったんだろう。そういえば、幼馴染みが俳優としてデビューしたとかいう話もちらっと聞いたが、それが誰なのかも知らない。まだ活動してるんだろうか。

「桂木さん、すごい人ですよね。頭もいいし、話してると面白いです」

研司は廊下の途中で足を止める。振り返って真鳥の顔を凝視した。モデルみたいな顔をしているわりに、あの地味な娘に興味があるらしい。突然、この男に共感が湧いた。自分とはまったく違うタイプに惹かれる気持ちは研司にもよく分かる。ただ、今はこの場からいなくなって欲しかった。

「未渡しの写真はこっちですよ」

真鳥は待合室だった和室を指差した。そんなところに用はない。行かなければならないのは二階だ。

「あー……あれだ。その前に上のスタジオ、ちょっと見せてもらいたいんだ。もう機会がないかもしれないし。俺、赤ん坊の頃から西浦写真館に出入りしてたんだよ」

それは本当だった。生まれた時、七五三の時、学校の入学式の時、必ずここで家族写真を撮ってもらっていた。陽子と結婚した時も、スーツとドレスを着てここへ来ている。西浦写真館は研司の人生を数年置きに切り取ってきた、思い出深い場所だ。

「別にいいですよ。どうぞ」

研司は礼を言ってさっさと階段を上る。後ろからついてくる足音にがっかりした。下で待っていてくれればいいのに。

最後に来た時とスタジオの様子は変わっていなかった。きちんと管理されているせいもあるだろう。飴色に変わった木の床も、高い天井も、古いスクリーンも。後から導入されたはずの照明設備もかなりの年代ものだった。昔ながらの白熱電球がまだソケットに残っている。

例のキャビネットも以前と同じく部屋の隅にあった。陽子と結婚写真を撮った時は、机や脚立が扉を塞いでいたのだが、それがすっかり片付けられている。今すぐ開けて取り出せそうだった。

「ここって、昔からまったく同じなんですか」

真鳥が後ろからのんびり尋ねてくる。目を盗んで開けることはできそうにない。

「まあ、だいたいは……昔は天窓もあって、もっと明るかったけどな」

「今はないですね」

「俺がガキの頃にリフォームでなくなったんだ。壁の窓も減らしてる。夏は暑くて冬は寒かったからさ。とにかくすきま風がひどくて、二階にもでっかいストーブが置いてあった」

どうでもいい思い出話に、真鳥はそうなんですかと真剣に感心している。その間も研司はちらちらキャビネットを見ていた。

「あのキャビネットにも、なにか思い出があるんですか」

いきなり急所を突かれて、心臓が止まりそうになった。

「いや、別に……年代物だよな、あれも」

「ええ。長いこと放置されていたみたいですね。昨日埃を払って、中のものを整理しようとしたんですけど、時間が来てしまって。管理人さんとの約束で、あまり遅くまで作業できないんです」

「へ、へえ……」

研司は必死に平静を装った。だったら今日はその整理の続きから始めるはずだ。いや、昨日の段階で中身の確認ぐらいは済ませているかもしれない。

「なにが入ってるんだろうな」

「さあ。桂木さんがちょっと扉を開けたんですけど、ぼくには中まで見えませんでした。キャビネット自体がとても貴重なものみたいです」

胸を撫で下ろした。どうやらまだ気付かれていないようだ。夕方までに借用書を回収しなければ。あと数時間のうちに――。

「そういえば桂木さん、そろそろ来る頃ですね」

柱時計を見ながら真鳥が何気なく言った。

「……え？」

間の抜けた声が出てしまった。

「今日、平日だよな……会社に行ってんじゃねえのか」

「会社のある辻堂で大規模な停電があって、仕事にならないから早退するように言われたそうです。今、こっちへ向かってるってメールが」

そういえばさっきそんなニュースを聞いた。早めに整理を始めることになったから、この男も写真館に現れたのだ。だとしたらもう一刻も猶予はない。

「ちょっとだけ開けてみましょうか。ぼくも興味ありますし」

止める暇もなく、真鳥は扉の取っ手をつかんで強く引いた。

しかし、動かない。彼は決まり悪そうに微笑んだ。

「しまった。桂木さんが鍵をかけたんでした……万が一、勝手に開いたら困るからって」

全身から力が抜ける。五年前は鍵などかかっていなかった。まあ、こんな立派な家具ならついていて当然だ。中身を改められなくて安心したが、それは借用書の回収が難しくなったということでもある。鍵はどこに置いてあるんだろう、とあたりを見回していると、真鳥がコートのポケットから古びた鍵を取り出した。

(お前が預かってるのかよ！)

研司は声にならない叫びを上げた。今、中を確認されるのはまずい。

「へえ、その鍵も珍しそうだな。ちょっと見せてもらっていいか」

研司は真鳥の手から鍵を半ばもぎ取り、興味津々で眺めるふりをした。真鍮製らしくずしりと重い。表面には緑色のサビが浮いていた。

「こういうの、詳しいんですか？」

「詳しいってほどじゃねえけど……」

言葉を濁した。まったく詳しくないので、色々尋ねられるとボロが出てしまう。研司はたった今思いついたように顔を上げた。

「あ、そうそう。さっき言ってた未渡しの写真、確認させてもらっていいか」

「分かりました。それなら下に……」

「いや、あそこは入りづらくって。ガキの頃あそこでイタズラして、富士子さんに二度と入るなって言われてるからよ。悪いんだけど、ここに持ってきてもらえねえかな」

支離滅裂な言い訳だったが、真鳥は同情を示すようにうなずいた。

「そういうことですか。だったら、下から持ってきますね」

真鳥が階段を下りていって、研司はスタジオに一人残された。うまく行ったという達成感よりは、人の好さそうな若者を騙した後味の悪さが残った。しかし、気を取られている時間はない。

キャビネットに駆け寄って鍵を差し込み、扉を開け放つ。古い木材の匂いが鼻をついた。分厚いカーテンを左右に広げると、何段もの薄い棚に紙のようなものが置かれている。叔父が借用書を差し込んだあたりの段に、見覚えのある厚手の紙があった。やはりまだ気付かれていなかったようだ。

畳まれた紙を念のため開いてみる。「このキャビネットに入っていた銀塊、お借りします。二〇一〇年三月一〇日」。確かにあの借用書だ――ただ、それに続く署名がおかしい。

あの時、叔父は「立川修・研司」と署名していた。しかし、研司の名前があるはずの箇所は万年筆で丸く塗りつぶされている。裏から透かして見れば分かってしまいそうだが、きちんと読めるのは叔父の名前だけだった。

(後から誰かが消した……？　いや、違う)

インクの色は他の文字とまったく同じだ。おそらくこの借用書を書き上げた時に、修が早業で消したのだろう。そういえば、これを畳んだ時は研司に背を向けていた。

(お前が心配するようなことはねえ。万が一の時は俺が責任を持つ)

あれはこういうことか。研司の罪悪感を和らげるために借用書を書いたが、最初から自分一人で持ち出したことにするつもりだったのだ。

「叔父さん……」

瞼の裏がじわりと温かくなる。ただ、きちんと研司の名前を消しきっていないあたりが叔父らしい。自分と同じように肝心なところで間が抜けている。

階下で引き戸の開く音がして、続いて女の声が聞こえた。桂木繭が到着したのだろう。すぐに二階へ上ってくるはずだ。研司は大急ぎでカーテンと扉を閉め、鍵を回して引き抜いた。借用書をぐしゃりと丸めてダウンジャケットのポケットにしまおうとしたが、紙が厚いせいで大きくなりすぎてしまった。スタジオのどこかに隠すか——それではここに来る前と同じだ。そのうち見つかってしまう。

だったら窓から捨てよう。建物の下に落として、帰り際に回収すればいい。研司は遮光カーテンに飛びついて開け放つ。ただの白い壁が現れて呆然とした。

(くそっ。紛らわしい)

こちら側にあった窓は壁になっていた。どういうわけかカーテンレールだけ残している。反対側なら大きな窓はあるが、その真下は表から裏口へ回るための通り道だ。さっき研司も通ってきた。ここへ来る人間に見つかるかもしれない。

結局、もう一度紙を広げて丁寧に折りたたむしかなかった。階段の軋む音が近づいてくる。どうにかポケットにしまい込んだ時、白いダウンコートを羽織った桂木繭が真鳥とともに姿を見せた。

「よう、繭ちゃん。お疲れ様」

愛想よく声をかける。繭も笑おうとして、うまくいかなかったらしい。引きつった口元から「お疲れ様です」という挨拶が洩れた。真鳥はそんな彼女を眩しそうに眺めている。

「邪魔して悪かった。俺、そろそろ帰るわ。ここのスタジオも見れたし」

それに借用書も回収した。ありがとうと礼を言って真鳥に鍵を握らせる。そのまま階段に向かおうとすると、繭に呼び止められた。

「研司さん、未渡しの写真を取りに来たんじゃ……？」

彼女は大きな四角い缶を抱えている。蓋に置いてある写真袋には「西浦写真館」の館名が印刷されていた。

「ん？　ああ、そうだったな。でも、出てこなかっただろ」

出てくるわけがない。もともと注文していないのだから。真鳥たちはちらっと顔を見合わせた。

「いえ……ありました」

繭が答えた。蚊の鳴くような声になぜかぞっとする。

「あ、あった？　あったって、写真が？」

「はい。ここに」

彼女は四角い缶の上の写真袋を手に取る。裏返すと細い女文字で「立川研司様」と書かれていた。富士子はこんな字を書いていた気がする。まったくわけが分からなかった。注文もしていない写真がどうしてここにあるのか。

「中、見てもいいか？」

「……もちろんです」

怪訝そうに繭はうなずく。研司が注文したことになっているのだから断るはずがない。袋を受け取って中身を取り出す。三枚の写真が現れた。

「うっ」

腹でも殴られたみたいに変な声が出た。一枚目は古そうなモノクロ写真で、例の銀塊が椅子の上に置かれている。二枚目と三枚目はカラー写真だ。例のキャビネットと——そしてあの借用書がそれぞれ大写しになっている。顔から血の気が引いていった。

(バレてたんだ)

西浦富士子はそんなに鈍い人間ではなかった。大っぴらに追及こそしなかったが、すべてお見通しだったのだろう。それを示すために、研司あてにこんな写真まで残していたのだ。

「なんですか、これ」

真鳥が目を丸くしている。観念しかけていた研司は、その反応で我に返った。なにも知らない人間にとって、これらはただの意味不明な写真だ。なにが起こったのか分かりっこない。どの写真にも研司の名前すらうつっていないのだ。

「よく分からねえな……俺が頼んだ写真とは全然違うし」

「……研司さんの頼んだ写真は、なんだったんですか？」

藺は写真から目を離さずに尋ねてくる。一瞬、答えに詰まった。

「うちの娘が七五三にここで撮ってもらった写真、親父たちが部屋に飾りたいって言い出したんで、でっかいサイズでプリントしてくれって富士子さんに頼んだんだ。それっきり俺も忘れてたけど」

とっさに思いついたにしては悪くない言い訳だった。娘が七五三の晴れ着を着て写真を撮ってもらったのも、両親が額に入れて飾りたいと言っていたのも嘘ではない。体調を崩していた富士子に研司が注文しそこねただけだ。

「そうですか……」

彼女はまだ目を上げなかった。気の弱そうな口調は変わらないのに、両目だけはいきいきと輝いている。

「借用書の文面を読む限りでは、立川家の人たちがキャビネットの中にあった銀塊を借りていったように読めます。祖母はなにかの理由で、そのことを研司さんに伝えたかったんじゃないでしょうか……」

ほとんど事実を言い当てている。突然、藺が知らない人間のように思えてきた。こんなにカンが鋭かったのか。

「立川修さんは、どなたですか」

「俺の叔父だよ。二年前に亡くなってる……若い頃、西浦写真館に住み込みで働いてたんだ……変わり者だったけど、俺とは仲がよかった」

研司はぐっと奥歯を噛みしめる。自分が責任を負うと叔父は言ってくれた。ここは利用させてもらうしかない。ごめんと心の中で謝った。

「叔父さんがここにあった銀を、富士子さんから借りたんじゃねえかな……そんなような話をちらっと聞いたことがある。でも、借りたものは返したって言ってたぜ」

「……だとしたら、どうして研司さんあてに祖母はこんな写真を残したんでしょうか」

「いや、知らねえけど。それって、俺の叔父さんが踏み倒したってことか？」

「そ、そういうわけでは……すみません」

彼女は頭を下げて謝ったが、話をやめようとはしなかった。

「この借用書にもおかしなところがあります。署名のところ、消した跡がありますよね。もう一つ、どなたかの名前があったんじゃないでしょうか」

この娘は「立川家の人たち」と言った。犯人が複数いると気付いていたのだ。研司は乾いた唇を舐（な）めた。

「消したってことは、借りた人間は一人ってことじゃねえのか」

「そうですけど……」

「ぼくにも見せてもらえますか」

真鳥は繭と額をぶつけ合うように、借用書の写真を覗き込んだ。頬を赤くした繭がびくっと体を引いた。こんな時にと思ったが、研司には初々しさが眩しかった。

「『このキャビネットに入っていた銀塊』ってことは、銀の代わりに借用書を入れたわけですよね。もしなにかの事情で返さずじまいだったら、まだキャビネットに残ってるんじゃないですか？」

と、真鳥が言った。研司のポケットに入っている厚手の紙が急に存在感を増した。この二人から借用書の現物を隠し通せれば、研司のやったことはバレずに済む。

「……そうですね。開けてみましょうか」

ぼそぼそ声で繭が答えて、真鳥の差し出した鍵で扉を開けた。中のカーテンが現れた途端、彼女は大きく目を瞠った。

「これ、どなたか開けましたか？」

研司はぎくりとした。動揺を鎮めるために深く息を吸い込む。

「なんか変なところでもあったか？」

「これ……ほんの少しですけど、開いてます。昨日の夜、きちんと閉めたのに」

カーテンの裾に近い方を指差した。言われてみると数ミリほど隙間ができている。研司が急いで閉めたせいだろう。それにしても、ほんのわずかな違いのはずだ。

「ぼくには昨日と変わらないように見えるけど……」

戸惑ったように真鳥が言った。しかし、繭は納得しなかった。

「いいえ。絶対に違っています。真鳥さん、開けてないんですよね？」

「開けてないですよ。正直、ちょっと覗こうかと思ったんですけど、その前に桂木さんが来ましたし」

「やっぱり、見間違いじゃねえのかな」

さりげなく研司は口を挟む。繭の目の光はまだ消えなかった。昔、カメラを抱えて土産物屋の前を通りすぎる時、彼女はこういう目をしていた。自分の好きなものにどっぷりはまり込んだ人間の目だ。叔父もよくそういう表情になっていた。

ふっと、その光が消える。カメラのレンズにカバーがかかったように。

「……そうかもしれないですね」

ただのおどおどした娘に戻ってしまった。カーテンの合わせ目から手を差し込んで、触るのを恐れているような慎重さで中を確かめる。長い時間をかけていたが、やがて研司の方を振り返った。

「ないみたいです……お騒がせしました」

借用書がなければ、借りたものを返したという説明にも筋が通る。これで研司が疑われることもなくなったが、不思議と少し残念な気がしていた。さっきまでの生気に満ちた繭の方が魅力的だった。

「さっきの写真、持って帰っていいか。富士子さんが俺に残してくれたものだし」

「あ、はい。どうぞ」

「一応、うちの家族にも見せてみるよ。どういう写真か知ってるかもしれない。なにか分かったら知らせるわ」

白々しい言葉を並べながら、研司は繭から三枚の写真を受け取った。立川家の人間に見せても収穫がないことは、研司が一番よく分かっている。今日中に叔父の墓参りに行こうと心に決めた。銀塊を叔父一人で借りたことにしてしまった——それを謝っておきたい。

「じゃ、俺は……」

「待ってください」

繭に呼び止められた。これまでとは違って、まっすぐ研司に視線を向けている。両目に光が戻ってきていた。

「どうかした？」

「さっき真鳥さんにキャビネットの鍵を渡してましたね。どうしてですか？」

気付かれたかと研司は思った。できれば見過ごして欲しかったが。

「珍しいものだったから、ちょっと見せてもらったんだよ」

「鍵を借りている間、真鳥さんは席を外してましたよね」

「……ああ」

研司はうなずいた。一度消えた恐怖がじわじわと戻ってくる。

「注文した写真を取りに行って欲しいと、頼んだんでしたね」

真鳥の顔にも驚きが広がっている。言動の不自然さにやっと気付いたらしい。繭に比べて気付くのが遅かった。

「そうだけど。なにが言いたいんだ？」

「研司さんが、このキャビネットを開けたんじゃないですか？」

繭の声は細かったが、強い糸のように途切れがなかった。

「なんでそう思うんだ？」

「真鳥さん以外で、これを開ける機会があったのは研司さんだけです。入っていた借用書を回収したんじゃないですか？」

「馬鹿馬鹿しい。そんなことする意味ないだろ」

「借用書には名前を消した跡がありました。おそらく、修さんと同じ立川姓で、二文字の名です……研司さんなら、ぴったり入りますね」

「うちの家族や親戚は大抵二文字の名前だぜ。とにかく、俺はこのキャビネットには指一本触れてない。俺がここへ来てから、さっき繭ちゃんが開けるまで鍵がかかったままだった」

スタジオがしんと静まりかえる。研司は妙な違和感を覚えた。繭の挑発に乗っかって、なにか決定的なことを口走った気がする。

「そのキャビネットが開いたかどうか、調べれば分かります。証拠が残りますから」

「え？」

ついスタジオの中を見回してしまった。どこかに監視カメラでもあるのかと思った。もちろんそんなものはどこにもない。

「証拠って、どこにあるんだよ」

「キャビネットです。扉が開いたかどうか、記録されています」

研司は改めてキャビネットを眺める。そんなことができる機能など、このキャビネットについているようには見えない。単なるアンティークの家具だ。

「これはただの家具ではありません……暗室でもあります」

「暗室……？」

研司は耳慣れない言葉を思わず口にしていた。

「昔、大判の古い木製カメラを使う時は、フィルムを一枚ずつ密閉されたホルダーに入れて、一枚撮影するたびにそれを交換していました。次の撮影をする時には、ホルダーに入っているフィルムも当然新しいものに交換する必要があります。交換作業は光が入らないように暗室で行うんです」

「それがこいつだって言うのか?」

「はい。これはフィルムの保管箱と暗室を兼ねているんです」

あ、と研司は声を上げそうになった。

「それじゃ中にかかってるカーテンは……」

「光が入らないようにするための暗幕です。新しいフィルムが必要な時は、ホルダーを暗幕の中に入れ、手探りでホルダーの蓋を開けてフィルムを交換します。触るだけで裏表が分かるように、フィルムには切り欠きがついています」

中を探る時、繭は絶対にカーテンを開けなかった。妙だと思っていたが、光を入れないためだったのか。研司はなにも考えずに暗幕を開けてしまった。棚の中には借用書以外にも紙のようなものがあったと思う。あれがフィルムだったとしたら——。

「ここには剝き出しのフィルムが何枚か入っていました。研司さんがそのことを知らなかったとしたら、中にあったフィルムは感光しているはずです。もちろん、昨日わたしたちが帰るまでは無事でした。調べればすぐにどうなっているか分かります」

研司は無意識にダウンジャケットのポケットを上から押さえた。繭の視線がそこでぴたりと止まった。

「……ポケットの中にあるものを、出していただけますか？」


研司は繭たちと一緒に一階の和室に移動して、五年前のことをすべて話した。なにも知らないと言い張ることはできた。とにかくこの場を離れて借用書を燃やしてしまえば、決定的な証拠はなくなる。しかし、研司にそこまで嘘をつき通すほどの度胸はない。罪を認める方が精神的に楽だった。

「俺が悪かった。とにかく弁償させてくれ……なんだったら、今から警察に行ってもいい」

深々と頭を下げる。皺だらけの借用書を眺めていた繭は、慌てたように首を振った。

「そ、そんな必要はありません。もともと祖母も弁償を望んでいなかったと思います。借用書があるのを知っていたのに、研司さんたちにはなにも言わなかったわけですから」

「でも、俺たちが盗んだことに変わりはねえ。あの銀はこの写真館の財産だ」

実際、富士子がどう思っていたのかも分からない。すべてを水に流すつもりだったら、あんな写真を残しておかない。少なくとも腹を立てていたはずだ。

「銀のことなんですけれど」

繭は座卓に置いてあるモノクロ写真を指差した。銀の塊がうつっている。叔父がここに仕舞いこんでいたことにも富士子は気付いていて、もともと証拠写真を撮っていたのだろう。銀塊がさらに借用書に代わっていたので、またそれも写真に記録しておいたわけだ。

「どう見てもこれは銀製品や延べ棒ではありません。この写真館のどこにどういう形で置かれていたのか、なにか詳しい話を聞いていませんか」

「さあ……叔父さんがキャビネットにしまい込んでたってことと、ごみみたいなもんだってことしか聞いてない。写真館のどこかにあった銀のものを、溶かして塊にしたんじゃねえかな。そういう細工が趣味だったし、道具も色々持ってた」

「立川修さんは化学の知識もお持ちだったんですよね。この写真館で働いていたわけですし」

「……だと思う」

研司には見当もつかない化学物質の名前をよく口にしていた。写真館では現像などに薬品を使うので、それで憶えたと言っていた。

「やっぱり、そうですか」

藺は微笑んだ。久しぶりに笑い方を思い出したようなみずみずしさが漂う。別に美人ではないが、少しどきりとした。

「この銀、本当にごみの中から集めたものかもしれません」

「え？」

研司は目を丸くした。

「ごみから銀が集まるのか？」

「……写真のフィルムには乳剤が塗られていますが、その原料は銀なんです。だから、フィルム写真は銀塩写真とも呼ばれています……現像の過程でできる廃液には銀が混ざっているんです。立川修さんはそこから銀を抽出したんでしょう……そういういたずらをする店員もいたと祖母から聞いたことがあります。そうして集めたものを、見つかりにくい場所に隠しておいたんだと思います」

そういうことだったのか、と研司は思った。取り出した銀を売らないのが叔父らしい。金と縁のない人だったが、金に汚いわけではなかった。

「それであのキャビネットか……でも、あそこからフィルムをしょっちゅう出し入れしたんじゃないのか」

「普段は暗幕を閉めていましたし、それぞれの棚もあまり高さがありませんから、隅の方にしまっておけば意外に見つかりにくいんじゃないでしょうか。それに、祖母も大判カメラをあまり使わなくなって、あのキャビネットを開けることも少なくなっていたはずです。滅多に使わない場所に、処分するはずのものが置いてあっただけです」

だからあまり罪悪感を感じなくていいと言いたいのだろう。つまり研司への気遣いだ。そのことには感謝していたが、研司は別のことが気になり始めていた。

これほど熱心に写真のことを語っているこの娘は、どうしてカメラを持たなくなったんだろう。この前会った時も尋ねたが、答えはかえってこなかった。トラブルがあったと富士子が言っていたのは本当だったらしい。研司には詮索する趣味はなかったが。

話を終えて、写真館を出た研司は仲見世通りを下る。

さっきよりも観光客は増えていた。塀の上に寝そべっている猫たちに、観光客が一眼レフを向けていた。

店先に出ている屋台の前を通るたびに声をかけられる。西浦富士子もそうだったが、このあたりに住んでいる人間はみんな顔見知りで付き合いが深い。富士子が入院してから、研司は時々見舞いに行っていた。

富士子の口から孫の話を少しだけ聞いたことがある。写真という趣味で少し外向的になったが、トラブルがあってまた昔に戻ってしまったと嘆いていた——恋愛で嫌な経験でもしたのだろうと思った。若いんだから新しい彼氏でもできれば変わるんじゃないすか、と言ったら苦笑いしていた。

「あんたじゃあるまいし、そんなに単純じゃないんだよ」

そう言われたが、人間は意外に単純なものだと思う。繭は少し明るくなったようだった。あの真鳥という男がきっかけじゃないだろうか。

真鳥は帰りがけに研司に向かって礼を言っていた。なんでもこの前認知症の祖母が道に迷ってしまって、しばらく立川家の土産物屋で休ませてもらったという。研司の知らない話だったから、陽子が一人で店にいる時のことだろう。イケメンで礼儀正しく、祖母思いのようだ。悪い人間には思えない。あれなら繭でなくても惚れるだろう。

ただ、研司はうっすらと違和感を覚えていた。はっきりした理由があるわけではない。ただ、あの男の見た目や言動をそのまま受け取れない気がする。

「お帰りなさい。用は済んだ？」

店に戻ると、ポップを陳列台に貼っていた陽子が声をかけてきた。繭たちは誰にも言わないと約束してくれたが、研司にそのつもりはなかった。このまま隠し続けようとすれば、いつか今日のようにボロを出す。自分はそういう人間だ。

「陽子さん」

と、研司は言った。

「今晩店が終わったら、話があるんだ」


窓の外はすっかり日が落ちている。

例の借用書と富士子の遺した写真をテーブルに並べて、研司は陽子にすべての事情を話した。両親に娘を預けて、二人は弁天橋から海岸へ渡っていた。家の中で話せることではないし、島の中にある飲食店には知った顔ばかりだ。込みいった話のできる場所はあまりなく、結局小田急線の駅前にあるマクドナルドに落ち着いた。

陽子はほとんど無言だった。話の途中から眉根をもみほぐしていたが、研司がすべてを話し終えると、目を上げて窓の外を眺めた。派手な色の駅舎からスーツ姿の会社員やOLが次々と改札口を通ってくる。彼女が口を開くまで、しばらく時間がかかった。

「その話、聞いてた」

「え？　誰から？」

「富士子さんから。はっきりとじゃないけど」

陽子は淡々と答える。怒っているのかいないのか、声からはよく分からない。

「最後にお見舞いに行った時だったかな……修叔父さんとあなたに一つ貸しがあって、無理に返さなくていいんだけど、頭の一つぐらい下げて欲しいって」

やっぱり腹を立てていたのだ。まあ、当たり前か。

「そのこと、なんで俺に黙ってたんだ」

「こういうことは本人が自分から頭を下げないと意味がないんだよって。富士子さんも笑いながら言ってたから、大したことじゃないのかなと思ってた……結局、謝らなかったんだね」

ため息をつきながら、彼女は指輪を外してテーブルに置いた。ことりと硬い音がやけに大きく響いた。

「わたし、盗んだもので作られた結婚指輪は着ける気がしない」

離婚の二文字が頭に浮かぶ。それも覚悟はしていた。こんなことを知らされれば、相手への見方は変わって当然だ――。

「だから、自分で買った材料で同じ指輪を作って」

研司はぽかんと口を開けた。

「……別れるんじゃないの？」

「別れないわよ。なに言ってるの。子供もいるのに」

彼女は苦笑を浮かべる。唇の横に軽く皺が寄った。

「わたしには話さなくてよかったのに、全部話したんでしょう。富士子さんからも頼まれてるの。『もしいつか研司があんたに打ち明けたら、あたしの代わりに水に流して欲しい』って……だから、今回はそうする」

「すいません」

テーブルにぶつけそうなほど深く頭を下げた。繭は必要ないと言っていたが、やはり弁償をしようと思った。廃液から取った銀だとしても写真館の財産で、自分のやったことは窃盗だ。

「でも、よそに触れ回る人たちじゃなくてよかった。いい人たちよね」

研司は黙ってうなずく。この写真と借用書がある以上、もっと騒ぎが大きくなっていてもおかしくはなかった。あの真鳥という青年も決して口外しないと約束してくれた。

「そういえば、真鳥くんのお祖母さん、うちの店で休んでいったんだって？　さっきお礼言われたんだけど」

「ああ、あそこのお祖母さん、認知症で……いつのまにか外に出ちゃうことが多いみたいなの。別荘にはいつも家政婦さんがいるんだけど、まだ働き始めて日が浅いから、介護にも慣れてないんですって。結局、秋孝くんが迎えに来て……」
秋孝、という名前にぴくりと耳が動いた。
「……あれが、真鳥秋孝？」
「そう。秋孝くん。お祖母さんにすごく優しくしてるのに、名前を忘れられてるみたい
……いやだ、昼間に会ったんでしょう？　名前聞かなかったの？」
いつのまにか鳥肌が立っていた。確かに昼間は下の名前を聞かなかった。しかし以前、
研司は真鳥秋孝に会って、本人から自己紹介をされたことがある。
何年か前、頼んでおいた写真のプリントを西浦写真館へ受け取りに行った時、父親と二
人で写真を撮りに来ていたのが真鳥秋孝だった。富士子がスタジオから下りてくるのを待
っている間、あの土間で親子と立ち話をした。父親と写真館へ来る若者なんて珍しかった
ので、はっきり顔まで憶えている。
昼間会った真鳥秋孝とは明らかに別人だ。
背格好や年齢は近かったが、もっと薄い顔立ちの、目立たない若者だった。それに、今
日の彼は研司とは初対面のように振る舞っていた。その後も何度か顔を合わせて、島の中
で会うと挨拶ぐらいは交わしていたのに。本当にあの若者が真鳥秋孝だったら、当然研司
を知っているはずだ。

「真鳥さんの別荘にいる若い男って、秋孝くん……だけか」

「そのはずよ。というより、男の孫は自分だけだって秋孝くんは言ってたけど……さっきからどうしたの？」

「いや。ちょっと気になって」

考えを整理しようと、研司は窓の外に目を向けた。あの真鳥秋孝は偽者——そんな突拍子もないことがあるんだろうか？　昼間、秋孝に覚えた違和感はこれが原因だったのかもしれない。

ダウンコートとマフラーで身を固めた桂木繭が、駅前の広場を歩いていくのが見えた。もう夜も遅い。写真館の整理を切り上げたのだろう。強い風から逃げるように、早足で改札口を目指している。

研司が思い違いをしているだけで、彼女に訊けばあっさりと説明はつくのかもしれない。しかし、もしそうでなかったとしたら。本当にあの男が真鳥秋孝でなかったとしたら——あの娘は得体の知れない男と、二人きりで写真館で過ごしていることになる。

（一応、耳に入れておいた方がいいか）

椅子から立ち上がり、ドアの外へ駆け出していった。

第四話

大昔のモノクロ写真にうつっている人たちはほとんど笑っていない。

誰もが唇をきりっと結んで、かしこまって立っている。カメラもフィルムも高価な時代、被写体になることがあまりなかったせいかもしれない。ありふれた日常を切り取ったわけではなく、人生の大事な瞬間を記録しているのだ。

桂木繭はそんな写真の詰まったビニール袋を段ボール箱にしまい、ガムテープでしっかり閉じた。主に西浦家の人々を撮影した写真だ。土間に並べられた段ボール箱の上に積み上げる。

西浦写真館の整理を始めてから一週間が経った。どれだけ時間がかかるのか不安だったが、意外に早く終わりが見えてきている。取っておきたいものをより分けるだけだったことが幸いした。

結局、母の奈々美はここへ顔を見せていない。小説の原稿が終わらないというのは嘘ではなさそうだが、それだけが理由とは思えない。とにかく繭に整理をやらせたいのだろう。写真館にいるのは繭だけだ。秋孝は用事で島の外へ出かけているという。考えを整理したかったのでちょうどよかった。

三日前、研司から聞いた話が頭から離れない。彼は知っている限りのことをすべて繭に語った。これまで接してきた彼は、真鳥秋孝ではないかもしれない――もちろん信じたわけではなかった。先週見つかった四枚の写真は、秋孝が真鳥家の人間だということを示している。

しかし、たまに違和感を覚えることもあった。

よくこの島に来ていたと言うわりに、秋孝は過去について語ろうとしない。少なくとも研司と知り合いだったことを隠す必要はないはずだ。そういえば、認知症の祖母を除いて秋孝の家族に会ったことがない。立川研司の話では、家政婦も働き始めてから日が浅いという。家族とそっくりの顔を持つ別人が入り込む余地がゼロだとは言い切れないのでは――。

（馬鹿馬鹿しい）

頭を振って否定する。妄想にもほどがある。研司自身も突拍子がないと言っていた。結局はただの記憶違いに違いない。

藺は土間から和室に戻った。座卓の上に未渡しの写真が入っていた四角い缶が置かれている。祖母が生前渡しそびれていた写真はここ数日ですべて持ち主の元へ戻った。缶に残っているのは、十数年前に藺が撮影した西浦富士子の写真だけだ。

これはたぶん誰のものでもない。持ち帰っても構わないだろう。藺が自分で持っていたプリントは、他の写真と一緒に捨ててしまった。

祖母の写真を手に取った時、指がなにかに触れた。缶の底には白い台紙が敷かれているのだが、その下になにかあるようだった。紙をはがすとその下から西浦写真館の写真袋が出てきた。どうやらまだ未渡しの写真が残っていたらしい。

うっかり台紙の下に入りこんでしまったようにも、わざと隠していたようにも思える。

袋に入っていたのはカラー写真が一枚だけだった。フィルムもなければ、SDカードのような記録媒体もない。他の写真袋とは違って、客の名前は書かれていなかった。

「あ……」

藺は声を上げる。二人の男性が並んでいる記念写真だった。背景は江ノ島の岩屋だが、彼らの足下を見る限り屋外ではない。長い影の伸びた地面は真っ平らだった。

撮影されたのは西浦写真館のスタジオだろう。こんな風に江ノ島の岩屋が描かれた背景用のスクリーンがあったと思う。撮影された時期ははっきりしないが、プリントされたのは最近のようだ。

男性のうち一人は秋孝らしい。泣きぼくろがくっきりとうつっている。少し印象が違うのは、たぶん今よりも若いせいだ。髪も耳にかかるほど長い。昔の人が着ているようなハイネックのセーターがよく似合っている。

もう一人はグレーのジャケットを着こなした白髪交じりの中年で、秋孝にとてもよく似ている。泣きぼくろはないが、この人が父親だろう。江ノ島を背景にした若い頃の写真を以前に見た。ほとんどあのまま年を重ねているのだ。まっすぐこちらを見返す表情の険しさが少し気になった。

隣に立っている秋孝の表情も硬く、微妙に目線を逸らしている。二人ともあまり楽しそうではない。せっかく親子でうつっているのに、どこかちぐはぐな印象の写真だった。

数年前に父親と西浦写真館を訪れて、記念写真を撮ったと秋孝本人から——それに研司からも聞いている。これがそうだとしたら、研司が秋孝を別人だと思ったのは、やはり勘違いだったことになる。

ただ、この写真が未渡しの扱いになっているのは不思議だった。秋孝たちは取りに来なかったのだろうか？

もう一つ引っかかることがあった。この写真をどこかで見た憶えがあるのだ。ぼんやりとした既視感程度のものだが、似たような写真を目にしているのかもしれない。もっとも同じ構図の家族写真などいくらでもあるから、単なる勘違いの可能性もある。

とにかく、未渡しの写真が出てきた以上は放っておけない。繭は秋孝にメールを送ろうとして、途中で思いとどまった。今、島にいない彼に連絡しても意味がない。いっそのこと直接真鳥家に届けてしまおう。

写真袋を手に立ち上がり、鴨居(かもい)にかかっているダウンコートをつかんだ。

仲見世通りを外れると、急に観光客も少なくなった。繭は切り立った崖を右手に見ながら進んでいく。真鳥家のある島の東側は比較的平地が多く、住宅も多く建っている。東京オリンピックの前、大規模な埋め立てでヨットハーバーが作られたという。

石畳の路地には人間よりも猫が目立った。人混みの苦手な繭にはむしろほっとする光景だった。太陽の熱を吸った側溝の蓋に猫たちが寝そべって、首だけを上げて繭を見送っている。

ふと、知っている白い背中が見えた。写真館で飼っている猫が電信柱の根元で伸びをしている。汚れたセロハンテープの切れ端が背中に貼りついていた。どこかでドジを踏んだのだろう。人間の手ですぐに取れそうだった。

「ヨナ」

名前を呼ぶと振り向く。刺激しないようしゃがみながら近づいたが、あまり意味はなかった。尻尾を膨らませて、飛ぶように逃げていってしまった。この一週間写真館で作業していてもまったくなついてくれなかった。やはり同じ屋根の下で寝起きしないと駄目らしい。仕方なく先を急いだ。

真鳥家の別荘は埋め立て地にできた公園のすぐそばにある。土地の限られた江ノ島では相当大きな邸宅だ。門の前でインターフォンを押すと、先日会った瀬野という家政婦が出た。秋孝はやはり不在だという。写真だけ置いて帰ろうかと思ったが、もうすぐお帰りになりますから中へどうぞと愛想よく言われて、断りきれずに従ってしまった。

庭の見えるリビングに通された繭は目を瞠った。十分な広さがあり、窓のはまった天井も驚くほど高い。壁際にある石積みの暖炉には赤々と炎が燃えていた。黒々とした革張りのソファとローテーブル以外に家具はほとんどない。大理石らしいフローリングが美しい光沢を放っていた。

真鳥家は本当にセレブのようだ。これが別荘なのだから、本宅はもっと豪華に違いない。

「こちらでお待ちください。今、お茶をお持ちしますね」

瀬野は出て行った。繭はソファの一つに腰を下ろしたが、落ち着かずにすぐ立ち上がってしまった。暖炉のある家に来たのは初めてだった。うっかり秋孝の祖母が触れないようにするためか、頑丈そうな鉄製の柵で囲われている。ぱちり、と炎を上げている薪の一つが爆ぜた。

マントルピースの上には写真立てがいくつか飾られている。見覚えのある写真に繭は吸い寄せられていった。

（これは……）

一番右にあるのは繭が持ってきたのと同じ秋孝親子の記念写真だった。隣には弁天橋の上で撮影された秋孝の写真がある。先週の土曜に西浦写真館で見つけた一枚と同じものだった。他にもどこかの芝生で犬としゃがんでいる秋孝、鎌倉の鶴岡八幡宮で祖父母の間に立っている秋孝――どの写真も彼を中心にしたものばかりだ。

ぼんやりと気味の悪さを感じた。他にも家族がいるだろうに、どうして秋孝の写真ばかり飾っているのだろう。

その時、廊下へのドアが開いた。

「あら、お客様がいらしてたのね」

現れたのは秋孝の祖母だった。部屋着らしいキルトのベストを羽織って、螺鈿の入った漆器のペンダントを胸に下げている。おしゃれだと思ったが、身動きした拍子にペンダントの向きが変わって名前と電話番号が刻まれていることに気付いた。ただのアクセサリーではなく、迷子札も兼ねているのだ。

「あ、こんにちは……お邪魔してます」

「初めまして。どちら様かしら」

彼女は首をかしげる。この前会ったことを覚えていないようだった。

「西浦写真館から来ました。わたしは……」

「富士子お姉さん！　懐かしいわ。あなた、今あそこで働いている方？」

「いえ、わたしは西浦富士子の孫で……」

繭は口をつぐんだ。今のこの人に祖母の死をもう一度告げるのは気が咎める。話の接ぎ穂を失って、マントルピースの上にある写真に目を移した。

「写真の方、その……素敵ですね」

「そうでしょう？　昌和さんよ。わたしの主人。朝から病院に行っているの」

一瞬どきりとしたが、すぐに真鳥家が総合病院を経営しているという話を思い出した。患者として通院しているのではなく、医師として出勤しているという意味だろう。

「写真をよくお撮りになってるんですか？」

「ええ。わたしが自分で撮るのよ……でも、ここに飾ってあるのは違うわ。わたしが撮った主人の写真、たくさんあるのに」

老女は不満そうだった。てっきり彼女が飾っていると思い込んでいたが、考えてみれば本物の「昌和さん」がうつった写真はいくらでもあるはずだ。わざわざ最近撮影された別人の写真を飾る必要はない。だとしたら、誰がどういう理由でここに飾っているのか。

ティーカップの載った盆を手にした瀬野が戻ってきた。繭と並んで立っている老女に目を丸くした。

「奥様、こんなところに……」

「お客様とお話ししていたのよ。昌和さん、まだ帰ってきていないから……ごめんなさいね、もう少しで帰ってくると思うわ」

最後の方は繭に向けた言葉だった。いつのまにか繭が「昌和さん」を訪ねてきて、それまで自分が応対していることになっている。

老女は繭をソファまで連れていき、向かいに腰を下ろした。テーブルに紅茶を置いた瀬野はリビングから出て行かなかった。頃合いを見て秋孝の祖母をここから連れ出すつもりらしい。時々、申し訳なさそうな視線を送ってくる。

当たり障りのない天気の話をした後、老女はすぐに来客への興味を失ったらしい。立ち上がって窓際へ行き、一人で庭を眺め始めた。芝生はきちんと手入れされているが、季節のせいか色あせていた。

「……瀬野さん」

繭は家政婦に話しかける。

「実はさっき、整理していたらこれが出てきたんです……秋孝さんと、お父さんの写真ですよね」

袋から出した秋孝親子の写真を見せる。未渡しの缶の底から出てきたことといい、これ見よがしに暖炉に飾られていることといい、どうもこの写真には事情がありそうな気がする。彼女からも話を聞きたくなっていた。

瀬野は目を近づけて、まじまじと写真を見つめた。

「ああ、確かに。秋孝さんとお父さんです」

「お父さん……あの、お名前は、なんとおっしゃるんですか」

「真鳥遼平（りょうへい）さんです」

秋孝の父親の名前をやっと知った。そういえば、秋孝から祖父以外の家族の名前を一度も聞いたことがない。

「暖炉にも同じ写真がありますよ」

彼女はマントルピースの方を指差した。

「どなたが、飾られたんですか？」

「遼平さんです。わざわざ横浜の本宅からお持ちになって」

「秋孝さんの写真、多いですよね」

「そうなんですよ。どういうわけか、本宅に飾られている写真も秋孝さんのものが多いんです。他のご家族の写真もたくさんあるみたいなんですけど……」

言葉を交わすうちに、瀬野の表情や言葉の端々がいきいきしてきた。思ったより話し好きの人なのかもしれない。

「瀬野さんはいつからこちらにお勤めなんですか？」

「去年の七月ですから……」

そう言って、自分の指を折って数え始める。

「まだ半年かしら。奥様のご主人、秋孝さんのお祖父様がお亡くなりになって、秋孝さんも退院されて間もない頃だったみたいで……」

「退院？　入院していたんですか？」

驚きのあまり声が大きくなった。秋孝の祖母が繭たちを振り返ったが、すぐに視線を庭に戻した。まずいことを言ったかもしれない、という後悔が瀬野の顔をよぎったが、それも長くは続かなかった。耳打ちするような小声で話を続ける。

「詳しくは伺ってませんけれど、横断歩道を渡ろうとして、トラックに轢(ひ)かれてしまったそうです。頭に大きな怪我をなさって、真鳥家の病院に何ヶ月も入院されていたんですって……こちらのお宅、色々と大変なんですよ。一年ぐらい前に奥様が認知症になってしまって、それから秋孝さんが事故に遭われて、奥様のご主人もお亡くなりになったそうで」

祖父の他界は秋孝から聞いていたが、事故の件は初耳だった。そういえば思い当たることもある。以前、弁天橋の上で急停止したトラックを見た時、秋孝はひどく怯えた反応を見せていた。交通事故に遭ったのだとしたら不思議ではない。

ただ、秋孝はそのことに一切触れてこなかった。繭に心を許していないと言えばそれまでだけれど――。

突然ドアが開いて、トレンチコートを羽織った秋孝が姿を現した。もうすぐ帰ってくると聞かされていたのに、心の準備ができていなかった。

「あれっ、桂木さん。どうしたんですか？」

柔らかく微笑みかけてくる。とにかくお辞儀をしたが、後は言葉が出てこなかった。

秋孝に続いてツイードのコートを着こんだ長身の男が入ってきた。丸いハットの下から現れた髪の毛にはかなり白いものが混じっている。あの写真にうつっていた秋孝の父親——真鳥遼平だ。ソファに座っている繭をじろりと見た。

「いらっしゃい。どちら様ですか?」

息子とは違ってつんのめるような早口だ。繭は慌てて立ち上がった。

「は、はじめまして……わたし、桂木繭です」

桂木、と相手の唇が動いた。誰なのか分からないらしい。

「ほら、話したでしょう。西浦富士子さんのお孫さんです。西浦写真館の」

秋孝が説明を添えた途端、急に遼平の目付きが鋭くなった——といっても、視線が向けられているのは繭ではない。壁際の暖炉だった。いつのまにか秋孝の祖母が移動している。柵から身を乗り出して、マントルピースの上にある写真立てを手に取ろうとしている。今にもバランスを崩しそうに上体をふらつかせている。

「お母さん!」

その場にいた全員がぎょっとした。真鳥遼平は母親に駆け寄って背後から抱き留めた。

「お母さん、危ないですよ。こんなものに近づいたら……」

急に舌足らずな猫撫で声になる。お母さんと呼ばれても老女は反応しなかった。なにが気になるのか、手の甲をさすっている。

「手がどうかしたんですか？　……瀬野さん！」

再びリビングに大声が響いた。家政婦を振り返った遼平の首筋は怒りで赤く染まっている。

「ここ、火傷しています！　どうしてちゃんと母を見ていないんですか」

「も、申し訳ありません」

瀬野が老女に駆け寄って、両手を確かめる。火傷をしたという本人はにこにこと されるままになっていた。瀬野は戸惑ったように雇い主と老女の手を見比べた。

「あの、どこに火傷があるんでしょうか……？」

「あるでしょう。この赤くなっているところ。薪は爆ぜると火花が飛ぶんです。いい薪が手に入らなかった時は、暖炉に火を入れるなと言ったじゃないですか。エアコンだってあるんだから」

そこまで派手に薪が爆ぜたら誰かが気付きそうなものだ。床にも灰が散った跡は見当たらない。本当に火傷を負っているとは思えなかった。

「お父さん」

秋孝がおずおずと口をはさんだ。普段とは違う、硬い声だった。いや、むしろこれが普段の彼なのかもしれない。

「暖炉に火を入れたのはぼくですよ。最近は寒いから、午前中だけよくそうしてるんです。お祖母さんはあまりエアコンが好きじゃありませんし」

「それなら、お前が責任を持って管理しなさい」

母親に話しかける時とは違って、冷ややかな声だった。

「……すみません」

秋孝は力なく頭を下げる。親子というよりは厳しい上司と部下のようだ。遼平は軽く鼻を鳴らした。

「お前はやることなすこと、すべて中途半端だな」

自分が言われたように繭はどきりとした。人前で子供を非難する親には慣れていない。繭の両親は基本的に放任主義で、娘が写真を撮り始めた時も、トラブルを起こしてやめた時も一切口を挟まなかった。自由を与えられている代わりに、自分自身で能力を磨かなければならない――そういうプレッシャーはあったが、こんな風に冷たい態度を取られたことはなかった。

「瀬野さんは火傷を治療してください。お母さんも大人しくしてくださいね」

「はい、分かりました。おじさま」

老女は無邪気に答える。遼平の顔に苦いものが浮かんだ。「おじさま」が誰かは分からないが、目の前にいるのが息子だとは思っていないらしい。孫を夫と認識しているのだから、その父親を自分より年上の親族だと思っても不思議はない。

「昌和さんも来てくれる？」

秋孝に向かって尋ねる。リビングに沈黙が流れた。

「……秋孝、お母さんに付き添っていなさい」

有無を言わせぬ命令に、聞いていた繭が唖然とした。秋孝に写真を手渡すつもりでいたのに。しかし誰も口を挟める雰囲気ではなく、秋孝は祖母たちと一緒に出て行った。残ったのは繭と遼平だけだった。

遼平が向かいのソファに腰を下ろし、自然に脚を組んだ。繭の手のひらはじっとりと冷や汗で濡れていた。

「家族の見苦しいところをお見せしてすみませんでしたね」

遼平は棒読みの早口で言った。今さら謝られても、と思った。それに見苦しかったのは家族ではなくこの人だけだ。

「……あ、あんな言い方をしなくても、よかったんじゃないでしょうか」

口からつるりと文句が洩れた。正面を向いた遼平の目が鈍く底光りする。繭は震え上がったが、発言を取り消すことだけはぎりぎりで思い留まった。

「秋孝は色々欠けたところがある人間なんです。詳しくは話せませんが、わたしとしても厳しくせざるを得ない事情があるんですよ」

　繭は言い返せなくなった。その事情を話せと迫れるほどの度胸はないし、秋孝と親しくしている自信もなかった。

「それで、今日はどういった用件でいらしたんですか」

　テーブルの上に置かれた例の記念写真を、繭は無言で相手の方に押しやった。

「わたしと秋孝が西浦写真館で撮ったものですね」

と、遼平がつぶやいた。

「秋孝が海外留学に行く直前の写真です。営業時間は過ぎていたのに、西浦さんが特別に撮ってくれましてね。これがどうかしましたか？」

「写真館を整理していたら、未渡しになっている写真の缶から出てきたんです……それで、お届けに参りました」

　繭は詳しい経緯を説明する。その間、遼平の視線は一度も写真から離れなかった。

「なるほど。ご苦労様です」

　用事は終わってしまった。繭は両手にぎゅっと力を込める。話し続けたくない相手だが、この写真のことがやはり気になっていた。

「あ、あの」

勇気と声を同時に振り絞った。

「祖母にこの写真の焼き増しを頼まれたんでしょうか？」

「……ええ。去年の夏頃にね。暖炉に飾りたくなったので、ＳＤカードを持っていって
……まさかその少し前に、父も他の写真の焼き増しを注文しているとは思わなかった」

別々の時代に撮影された四枚の写真のことだろう。夏といえば祖母が入院する直前だ。

かなり体調を崩していたと思う。

「でも、注文してから一週間後、受け取りに行きましたよ。写真のデータも返してもらいました」

確かにマントルピースには写真が飾られている。ということは、藺が持ってきたこの写真は、遼平からの注文とは別に、祖母がデータからプリントしたものということになる。どうしてそんなことをしたんだろう。それを未渡しの缶に入れて保管していたのもおかしい。一体、誰に渡すつもりだったのか。

遼平がおもむろに口を開いた。

「この写真について、あなたはお祖母さんからなにか聞いていないんですか？」

「え？」

「わたしは注文していないわけだから、西浦さんがなにかの理由でプリントされたわけでしょう。どうしてなのかと思って」

「それは……わたしにも、分かりません」

しばし遼平は押し黙った。繭の答えが本当かどうか吟味している様子だった。

「うちの家族を撮った写真は、他にありませんでしたか？　父が焼き増しをお願いした写真は出てきましたが、それ以外に」

「いいえ……たぶん、もう出てこないと思います」

探りを入れられていることだけは分かった。この人はなにかを隠しているのだ。緊張で乾ききった唇を湿らせる。

「他にも出てきそうな写真があるんでしょうか？」

遼平は脚を組み替えると、初めて微笑みを浮かべた。驚くほど秋孝の笑顔に似ていて、繭もつられそうになる。質問に動揺したかどうかは分からなかった。

「あるかもしれません。西浦さんとは昔からお付き合いがあって、家族で時々記念写真を撮りに行っていましたから、ちょっとしたスナップ写真ぐらいは残っていても不思議はないでしょう。わたしの母も若い頃に働いていましたしね」

母親が写真館の従業員だったことをこの人は知っている。家族でよく来ていたわりに、秋孝は知らないと言っていたが――。

急にぞっと悪寒が走る。

「あの、お祖母さんが写真館で働いていらっしゃったことを、秋孝さんは以前からご存じだったんですか？」

遼平は目を瞬かせる。なぜそんな当たり前のことを訊くのかという表情だった。

「知っていますよ。子供の頃から西浦さんのところに連れていっていますからね」

底のない真っ暗な穴を覗き込んだ気分だった。西浦写真館に来たのは父親と記念写真を撮りに来た「一度」だけと秋孝は言っていた。祖母の過去についても知らなかったと言っていた。あれが嘘だとしたら、四枚の写真の真相も最初から知っていたのかもしれない。

いや、この父親が嘘をついている可能性もある。

「秋孝さんが大学に入った後も、ご家族でよく西浦写真館にいらしてたんですか」

「あれが大学に入ってからはあまりないですね。この記念写真を二人で撮りに行った時ぐらいです。それがどうかしましたか？」

遼平に顔を覗き込まれている。動揺を鎮めようと冷めた紅茶を一口飲んで、暖炉の写真に目を向けた。秋孝が中心になっている写真ばかりだ。一応は父親と祖父母もうつっているが。

「……そういえば、秋孝さんのお母さんは、こちらにいらっしゃらないんですか？」

水を打ったような静寂が満ちた。軽い質問のつもりだったが、地雷を踏んだとすぐに悟った。口にする前に察するべきだった。今まで出会った真鳥家の人たちは一言も秋孝の母親について触れていない。

「十五年前に離婚しました。今、真鳥家の人間はこの別荘に全員集まっています」

抑揚のない早口で遼平が答える。

「す、すみません……立ち入ったことを」

「いいえ」

即座に否定したが、感情の高ぶりを抑え切れていなかった。

「この家に合わない女でしたからね。本人のためにもよかったと思いますよ。実家に戻った後はどうしたのか知りませんが……あの女がいなくなったので、秋孝の教育はすべて母がやってくれたんです」

熱が入ってきて、繭の方に身を乗り出してくる。相づちを打ついとまもなかった。

「あの女にもよく言い聞かせていましたが、母は非の打ちどころのない人でした。今は見る影もありませんがね。病院の経営で多忙を極めていた父やわたしを何十年も支え続けてくれた。ゆっくり老後を送ってもらおうとしていた矢先に、認知症にかかってしまったんです。だからわたしはできるだけ母の希望を叶えてやりたい。父も同じ気持ちでしたよ」

とろりとした目で熱く語り続ける。繭の全身に鳥肌が立っていた。母親を賞賛する時が一番幸せそうだ。こんな風にしょっちゅう「非の打ちどころのない」母親の素晴らしさを説かれたら、どんな女性でも離婚を考えるだろう。

真鳥秋孝は産まれた時からこの父親と一緒に過ごしてきたのだ。どんな日々だったのか、繭は想像もしたくなかった。


別荘の門を出た途端、繭はぐったりと電柱にもたれかかった。何十分も母親への賞賛を聞かされた挙げ句、有無を言わさず追い出されてしまった。

もう時刻は正午を回っている。繭は元来た道をゆっくり歩き始めた。これまで聞いた話を頭の中で整理する。なぜかどれも互いに食い違っている。

立川研司は西浦写真館で父親と記念写真を撮影しに来た秋孝と話している。繭の知っている彼とは別人だったという。今の秋孝は知っているはずの研司と初対面のように接していた。

しかし、父親の遼平は今の秋孝を自分の息子として扱い、写真館で撮影した写真も別荘に飾っている。写真にうつっているのは今の彼そのものだ。真鳥家と西浦家は交流があり、秋孝もそのことを知っているはずだという。

　秋孝からも父親と写真館へ行った話を聞いている。ただ、写真館に来たのは一度だけで、それ以前の西浦家との交流についてはまったく知らない。祖母が写真館の従業員だったことも先週初めて聞いた様子だった。

　誰かが嘘をついているとしか思えない。特に違っているのは西浦写真館と真鳥秋孝の繋がりだ。訪ねたのは過去に一度だけだったり、何度もあったり、別人だったり。真鳥遼平と秋孝を撮影した記念写真が、この謎の中心にあるような気がする。

　届けようと思っていた写真は、結局繭が持ち帰ってきている。自分が注文したものではないからと、遼平が受け取らなかったのだ。

　西浦写真館に戻ってきた時、ガラス戸が細く開いていることに気付いた。表口は戸締まりをしていったので、誰かが鍵を開けたのだろう。引き戸から入ろうとした時、白い猫がぱっと建物の中から飛び出してきた。まだテープの切れ端を貼りつけたままだ。

　取ってやるつもりだったが、毛を逆立てて威嚇された。ヨナは海岸へ通じる石段を駆け下りていってしまった。さっきよりも警戒されている。

　仕方なく写真館に入る。作務衣姿の管理人が框に腰かけて、指に絆創膏を巻いているところだった。繭に気付くと決まり悪そうに微笑んだ。

「お帰りなさい」

滋田は頭を下げた。

「ヨナに引っかかれたんですか？」

「ええ。朝食の皿を洗いに来たら、背中に変なものが貼りついていたので。かわいそうだから、取ってやるつもりだったんですが」

絆創膏は三箇所もある。かなり抵抗されたらしい。手当てを終えてから滋田は立ち上がり、土間に積まれた段ボール箱を眺めた。

「だいぶ片付きましたね」

「……はい。もうすぐ、終わりそうです」

「それなら、管理人の仕事も終わりですね、もうすぐ」

その横顔はどこか寂しそうだった。ふと、繭はこの人物に尋ねたかったことを思い出した。

「滋田さんは、江ノ島にいらしてからどれぐらいですか」

「あと二ヶ月で五年です」

滋田は即答した。いつも年月を指折り数えている証拠だ。五年前なら繭はまだ島に出入りしていたはずだが、顔を合わせた記憶がない。島の住民全員を知っているわけではないから、単に機会がなかったのだろう。

「リストラされて、自分で始めた仕事も失敗しましてね。妻とも離婚して、なにもかもなくして嫌になってここへ来たんです……いっそ、身投げでもしてやろうかと」

さばさばした調子で重い身の上話をされて、繭は絶句した。

「この話、ご存じありませんでしたか？　訊かれれば話しているんですが」

「い、いいえ……」

「まあ、いくらでも転がっている話です。でも、最後に立ち寄ったこの写真館で、富士子さんに見抜かれたんですよ。こういう土地で商売をやっていると、自殺を考えている人間がたまに来るんだそうです……『危ない奴はピンとくる』と言ってましたね」

繭は高坂晶穂のことを思い出していた。彼女は自分の苦労を声高に語らなかった。仕事を失ってここへ立ち寄った時は、本人の話以上に追い詰められていたのかもしれない。

「富士子さんは話を聞いて、旅館の仕事を紹介してくれました。従業員の寮に入れるよう手配までしてくれたので、わたしは身一つで来ればよかった。富士子さんはわたしの恩人なんですよ」

「滋田さんは高坂晶穂さんのことも、ご存じなんですよね」

「もちろん、知ってますよ。富士子さんが最後に雇っていた人ですから。ここへ来ると顔を合わせてました……今はご立派になられたみたいですね」

「永野琉衣のことも、ご存じでしたか？」

滋田の顔色が変わる。晶穂と知り合ったなら、同じ頃に住んでいた琉衣と知り合わないはずがない。富士子と親しい相手には、琉衣も最初から正体を隠さなかっただろう。

「……わたしの働いている旅館に、琉衣くんが偽名で入ってきたんです。指導役についたのがわたしでした」

「琉衣は……」

わたしについてなにか言ったことがありますか、という質問を繭は呑みこんだ。琉衣の思いは晶穂から聞いている。少なくとも三年前は繭を許していなかった。今も接触してこないのだから、なにも変わっていないということだ。

「高坂さんも琉衣くんも、富士子さんにとても可愛がられていました。わたしが江ノ島に来てから、富士子さんが世話した人は他にもいましたが、ここに住まわせたのは彼らだけです……孫と暮らしているようで、嬉しかったんでしょうね」

胸が締め付けられるようだった。祖母は決して弱音を吐かなかったが、繭が来なくなって寂しい思いをしていたのかもしれない。晶穂も琉衣も繭と深い関わりのあった人たちだ。

「そういえば、未渡しの写真はどうなりましたか？」

「……だいたい、片付いたと思います。ほとんどはお客さんに渡せました」

「そうですか。よかった」

滋田はうなずいてから、ふとなにかを思いついたようだった。

「一応、お訊きしようと思っていたんですが……客の名前が書かれていない写真袋はありませんでしたか？」

「どうして知っているんですか？」

繭は目を丸くした。今日見つかったばかりで、知っている者はいないはずだ。どういうわけか滋田の方も驚いた様子だった。

「やっぱりあったんですか？　わたしも缶の中を捜したんですが、見当たらなかったので……ないものだと思っていました」

「底に敷いてあった紙の下に入り込んでいたんです。あの、どうしてご存じなんですか？」

「富士子さんが亡くなる直前に頼まれたんです。『未渡し写真の缶に客の名前が書かれていない袋が一つ入っているから、保管しておいて欲しい』と」

「祖母は、理由を話していましたか？」

質問を重ねると、滋田は表情を曇らせた。

「話そうとしてくれたんですが、うまく聞き取れませんでした。かなり病状が進んで、意識もはっきりしていませんでしたから……なにか悪事の証拠になる、というようなことを言ってましたね。あまりに突拍子もなかったので、うわ言かもしれないと思っていました」

悪事という言葉の響きにひやりとした。やはりこの写真にはなにかがある。

「今、持っているので、見ていただけますか」

繭はコートのポケットから写真袋を出して滋田に手渡した。彼は真鳥秋孝と父親の写真を念入りに眺めていたが、やがてゆっくりと首を横に振った。

「真鳥さんの写真ですね……それ以上のことは、わたしにも」

この人にも分からないようだ。滋田は不思議そうに写真袋の中を覗き込んでいる。

「どうかしましたか?」

「富士子さんの話では、写真はもう一枚あるはずです。『袋の中に二枚入っている』と何度も言ってましたから」

「入っていたのは、この一枚だけです」

「そうですか……」

何度も確認したから間違いはない。他に写真はなかった。どこかに紛れてしまったのかもしれないが、富士子の思い違いという可能性もある。

「……この写真、見覚えがあるなあ」

独り言のように滋田がつぶやいた。

「どこでご覧になったんですか？」

記憶を絞り出すように滋田は額にしわを寄せ――やがてふっと力を抜いた。

「思い出せませんね。でも、確かにどこかで見ています」

不思議なことに繭もまったく同じ印象を抱いていた。しかし、これは真鳥家の家族写真で、他人が目にすることはなかったはずだ。つい最近まで知り合っていなかった繭と滋田が、それぞれ見た覚えがあるのも妙だ。どこにそんな機会があったんだろう。

（この写真にはなにかがある）

大きな秘密が隠されている。繭は写真を隅々まで確認し始めた。きっと見落としていることがあるはずだ。

突然、繭のスマホが着信を告げた。電話をかけてきたのは秋孝だった。土間から外へ出ようとすると、滋田が押しとどめた。

「わたしはそろそろ仕事に戻りますので。この件についてはまた」

と言い残して、自分が建物から出て行ってしまった。その背中を見送ってから、繭は通話ボタンを押した。

「あ、はい」

『真鳥です……わざわざありがとうございました』

一瞬、繭は戸惑った。写真を届けたことに礼を言っているらしい。

「そんな、別に……」

沈黙が流れる。家庭の事情を垣間見(かいまみ)てしまった者と、見られてしまった者の気まずさが漂っていた。

『父は桂木さんに失礼なことをしませんでしたか？』

「いえ……それはなかったです」

少なくとも繭に対して失礼ではなかった。

『どういうことを話してました？』

「真鳥家のことや、ご両親について……でしょうか」

オブラートに包んだつもりだったが、相手には伝わったらしい。電話越しにため息が聞こえてきた。

『父は真鳥家を大事にする気持ちが強くて、祖父や祖母が絶対なんです。周囲の期待どおりに生きてきたけれど、ぼくにはそういう能力はありません……桂木さんは自分で判断ができないって言ってましたけど、ぼくの場合は判断する前に、自分のやりたいことがなにも思い浮かばないんです……』

初めて秋孝の本音に触れた気がする。藺は琉衣の写真を流出させた過去について話した時のことを思い出していた。自分の判断が信じられなくなった藺を、秋孝はむしろ褒め称えていた。「桂木さんはなんでも自分のすることを決めてきた」と——たぶん、この人は失敗する自由すら与えられていなかったのだ。

「なにかをしたいと思ったこと、今まで本当になかったんですか？」

人間だったら必ずあると思う。答えを待ちながら、藺は彼のうつった写真を見つめていた。撮影はほんの数年前なのに、今の彼とは印象が違う。うつむき加減で表情は暗いが、むしろ意志は強そうだ。

『昔のことは思い出せないですね……でも、今は一つあります』

「どんなことですか……？」

藺は機械的に尋ねた。些細なことだったが、この写真には違和感がある。藺は写真の中の秋孝に改めて目を近づけた。

『ちょっと今は言いにくいです。いずれ、機会があったら……』

突然、心臓が裏返ったような気がした。悲鳴の上がりかけた口を手で塞ぐ。ひらひらと写真が土間に落ちていった。

『今、なにか言いました？』

秋孝の声が遠くで聞こえる。写真の中から男たちが繭の方を見上げている。やっと謎が解けた気がする——自分の考えがすぐには信じ切れなかった。そんなことをする人間が本当にいるんだろうか。でも、他に考えられない。

『桂木さん？　どうしたんですか？』

のろのろと背をかがめて、写真をつまみ上げる。正直、触ることすら気色悪い。

「真鳥さん……わたしと知り合う前に、西浦写真館に来たのは本当に一度だけですか？」

電話の向こうで秋孝は押し黙る。繭は辛抱強く答えを待った。

『……父は別のことを言っていましたか？』

「ええ……そうです」

『だったら、父が正しいです』

目の前が暗くなった。なにが起こったのか、これでほとんど分かってしまった。真実を暴(あば)いてもいいんだろうか？　これはあくまで真鳥家の問題だ。無関係な繭が口を挟むことではない。

『桂木さん、なにか分かったんですね……さっき持ってきた、写真のことで』

今度は繭が口をつぐむ番だった。それこそどうしたらいいのか、自分では判断ができない。幼稚だと分かっていたが、できれば誰かに決めて欲しかった。

『そろそろ、終わりにした方がいいんでしょうね。自分がなにをしなきゃいけないのか、分かってはいたんです……この一週間、目を背けていただけで』

消え入りそうな秋孝の声に、繭は歯を食いしばった。この人が幕引きをするのは荷が重い。真鳥家ではない誰かがやるべきだ。

祖母が生きていたら、きっとそうしていた。

正しいかどうかは分からない。でも、今の繭が下した判断だった。

「今日の午後四時に、西浦写真館に来ていただけますか？　……お父さんと一緒に」

と、彼女は言った。

空気を入れ替えようと窓を開けると、冷たい風が写真館のスタジオに吹き込んでくる。隣の平屋の屋根瓦がオレンジ色に染まっていた。すっかり夕暮れ時だ。スタジオの中にも夜の闇が迫ってきている。

ふと思い立って、繭は撮影用の照明のスイッチを入れた。反射板に嵌（は）めこまれた何十もの電球が一斉にともり、赤みがかった光がスタジオの床に広がる。何十年も前に作られたものだ。この光の色では写真撮影には使えないので、調光用の変圧器で電圧を上げて色味を変えなければならない。

古い階段が軋んで、秋孝が姿を現した。

「こんにちは」

藺は自分から声をかけた。

「こんにちは。その照明、まだ点いたんですね」

秋孝がライトの前にいる藺に近づいてくる。

「ええ。祖母がずっと手入れしていたみたいです。撮影に使っていましたから……あの、お父さんは？」

「父も後からすぐ来ます」

眩しそうに目を細めている。全身が明るく照らされているが、足下の影は何十にも重なってぼやけていた。

彼の横顔を藺は見つめる。強いライトが当たって初めて気付いた——きれいに処置されているが、彼のこめかみあたりを中心にT字の傷跡がうっすら残っている。かなり大きな手術を受けているようだ。

「さっき、滋田さんを見かけましたよ。管理人の」

いつもの柔らかい声で秋孝は言った。

「休憩時間で外に出ていたみたいですけど、指に凄い怪我をしてました」

「……ここの猫に引っかかれたんです」

「やっぱり、そうじゃないかと思ってました」

本題を避けるように、二人は他愛もないことを話していた。こういう時間も終わりかもしれないとお互いに分かっている。今日を過ぎたら、二度とこんな風に話せない気がする。

もう一人の足音が階下から迫ってきた。昼間と同じコートを着た真鳥遼平がぬっと現れる。明る過ぎる撮影用の照明に軽く眉を寄せた。

「こんにちは……わざわざお呼びたてして、すみません」

繭は頭を下げる。

「手短にしてもらえるとありがたいですね。今夜は母と夕食を取ることになっていますから」

遼平の声には苛立ちがにじんでいる。ちくりと繭の胸が痛んだ。あくまで母との食事で、家族とではない。その場には息子もいるはずなのに。

「立川研司さんは、ご存じですよね？　仲見世通りで土産物屋を経営されている方ですが……」

「ええ。知ってますよ。年中日焼けした、少し派手な格好の。彼がどうかしましたか」

じりじりと遼平は繭たちのいる光の方へ近づいてくる。後ずさりしそうになるのをこらえて、繭はポケットから写真を出した。今日、真鳥家へ届けに行った一枚だ。

「このスタジオでこの写真をお撮りになった時、研司さんも写真を受け取りに来ていたことを、憶えていらっしゃいますよね」

遼平は足を止めて、息子の顔にちらりと視線を走らせる。答えに詰まったのはわずかな時間だけだった。

「あの彼ね、話しました。親子で写真を撮りに来るのは珍しい、などと言われましたよ」

「秋孝さんはそのことを憶えていません。この写真館に何度も来ていることも、忘れています」

「それがどうかしましたか」

「秋孝さんは記憶障害なんですね……交通事故の後遺症で」

遼平の口角（こうかく）がぴくりと震えた。もう後戻りはできない。今日この場で言うべきことをすべて言わなければ、おそらく次の機会はない。

「大学も、休学しているんじゃないですか？」

秋孝に尋ねると、無言で彼はうなずいた。もちろんすべての記憶がないわけではなく、一部が欠落しているのだろう。遼平も息子について「欠けているところがある」と言っていた。秋孝が自分の過去を語りたがらなかったのも当然だ。知らないことが多いのだから。

「息子は療養中だ。それだけのことで、あなたには関係がない」

遼平の声に怒気がこもる。口調もぞんざいになったが、繭はひるまなかった。ここからが本題だった。

「この写真、何年か前に秋孝さんと一緒に撮ったものだとおっしゃってましたね」

と、写真を相手に向ける。

「誰が見てもわたしと息子だろう」

「違います」

繭は首を横に振り、若い男の方を指差した。

「ここにうつっている人は、秋孝さんではありません。最初にわたしと会った日、秋孝さんは写真館で撮られる時は、レンズから目が離せなくなると言っていました。写真の中の人物はカメラから視線を外して、うつむいています」

そんなことか、と言いたげに遼平は鼻で笑った。

「こいつが思い違いをしているだけだろう。やっていないことをやったと思い込むことも、記憶障害では珍しくない」

「彼の話だけならそうかもしれません。でも、この写真にはそれとは別に不自然なところがあります」

自信に満ちていた遼平の顔に、かすかな動揺が走った。

「……どこが不自然だと言うんだ」

「二人の人物の影が濃く、長く一本ずつ床に伸びています。ここにある撮影用の照明ではこんな影はできません」

繭は自分たちの足下に目を移した。いくつもの短い影がぶれたように重なっていた。光源となる電球は何十もある。この照明を当てれば、それだけ多くの影もできるということだ。

「太陽の光で撮っただけじゃないか。ここには大きな窓だってある」

遼平は開いている窓を顎で示す。繭はうなずいた。

「そうですね。わたしも子供の頃、その窓を背景にして祖母を撮ったことがあります。射し込んできた光で、写真は逆光になってしまいました……ただ、それは午前中です」

この窓は東向きだ。夕暮れの今、光は射し込んでこない。

「あなたは写真館の営業時間が過ぎてから、特別にこの写真を撮ってもらったとおっしゃっていました。つまり、撮影時間は今のような夕方だったはずです。今の時間帯、このスタジオには日が当たりません。こんな写真が撮れるはずはないんです」

「なにを言っているんだ。他の窓が見えないのか？」

遼平は焦れたように、東向きの窓の正面にかかっているカーテンを示した。やっぱり、と繭は思った——この人は知らなかったんだ。スタジオを横切って、繭は音高くカーテンを開ける。そこにはまっさらな壁だけがあった。

「まさか……いや、ここに窓があったはずだ……」

呆然としている遼平に、繭は説明を続けた。

「この写真館は十数年前に改装されて、天窓と西側の窓は塞がれました。夕日がこんな風に射し込んでくることは決してありません。これは西浦写真館が改装される前に撮影された写真が元になっているんでしょう。うつっているのは秋孝さんではなく、若い頃のあなた自身じゃないんですか？　だから秋孝さんの話と目線の方向も食い違っているんです」

繭は弁天橋で撮影された、真鳥遼平の若い頃の写真を思い出していた。母親を喜ばせるために、父親そっくりに変装した写真。同じような写真を西浦写真館で撮っていてもおかしくない。

「もちろん隣にいるあなたは他の写真から合成されたものです。おそらく実際に秋孝さんとここで撮影した写真から、画像編集ソフトで自分だけを切り取って、数十年前の自分の写真に重ね合わせたんでしょう。背景も構図も似通っていれば、合成は難しくはないはずです。そして、そのデータをここに持ち込んで、プリントを頼んだんです」

同じ写真館で撮影したからこそ、容易だったトリックだ。合成された自分の像には、数十年前の自分に合わせて影を描き加えたのだろう。それが失敗の元だった。

藺は秋孝の様子を窺う。顔には血の気がなかったが、なにも口を差し挟まない。これからどんなことを聞かされるのか、薄々感づいているのかもしれない。

藺は真鳥遼平に向き直った。

「あなたはこの写真を秋孝さんと二人で撮ったものに見せかけようとしていました。なぜそんなことをしたのか……家政婦の瀬野さんは、あなたが本宅にも別荘にも秋孝さんの写真ばかり飾っていると言っていました。どうしてですか？」

「そんな質問に答える義務はない」

遼平は地を這うような低い声で言った。藺は深く息を吸い込んだ。

「交通事故で記憶障害の残っている秋孝さんに、これが自分の顔だと思わせるためだったんじゃないですか？」

不意に冷たい風がスタジオに吹き込んでくる。秋孝は無言で窓を閉めに行き、また戻ってきた。重苦しい沈黙を破ったのは遼平だった。

「なにを言っているんだ、君は……頭がおかしいのか？」

それぞれ違う年代に、同じ顔の男性をうつした四枚の写真が出てきた時、秋孝は祖父と同じ場所にある泣きぼくろに触れて「ぼくのはメイクじゃない」と言っていた。

しかし、素顔だとも言っていなかった。

「立川研司さんは言っていました。今ここにいる秋孝さんは、何年か前に写真館で会った人とは別人だって。秋孝さんが治療を受けていたのは、真鳥家の経営する病院でしたね？頭の傷を目立たなくする手術と一緒に、秋孝さんの顔を真鳥昌和さんとそっくりに変えることも……」

「ふざけるのもいい加減にしろ！」

窓が震えるほどの怒声が上がり、繭はびくっと体を震わせた。興奮で忘れていた恐怖が足下から這い上がってくる。

「お前が並べているのはただの妄想だ。証拠もなにもない。これ以上、聞いていられるか。帰るぞ、秋孝」

遼平は息子の腕をつかむ。しかし、秋孝はうつむいたまま一歩も動こうとしなかった。

繭は唾を呑み込んだ。ここで真鳥親子を帰してしまったら、秋孝の置かれた立場は変わらない。理不尽な父親に振り回され続けるだろう。

「決定的な証拠ならあります」

真鳥遼平の眉間を必死に睨みつける。かすかに相手の視線が揺らいだ。それに勢いづけられて、繭は言葉を継いだ。

「あなたが秋孝さんと二人でうつっている本物の写真……それがあれば、この写真が合成されていることも、秋孝さんの顔が変わっていることも証明できます」

「そんなものはこの世に存在しない。ここにある写真が本物だ」

「いいえ、あります！」

繭は裏返りそうな声を張った。

「ここの管理人の滋田さんとわたしは、ずっと以前にここにある写真と似たものを見た記憶があります。この偽物を目にする機会がなかった以上、おそらくは本物の写真です。わたしたちの接点は西浦写真館しかありません。つまり、この建物のどこかにあるはずなんです……見本の写真が」

「……見本？」

遼平が繭の言葉を繰り返した。

「ええ。ここの土間には見本の写真が飾られています。お客さんや知り合いから注文を受けた写真を、見本用に焼き増しさせてもらうんです。もちろん、許可は取りますが……あなた方の写真も、ここに飾られていたんです」

「馬鹿な……わたしは許可など出していない」

「あなたのお母様が許可を出していたんじゃないですか？　お母様は西浦写真館の元従業員で、祖母とも親しかったはずです。他の家族の写真も自由に使っていい、とおっしゃったとしても不思議はありません」

秋孝の腕をつかんでいた手が、だらりと力なく落ちた。蒼白になった遼平の顔が、撮影用のライトにくっきりと照らされている。

「もしあなたがお帰りになったとしても、わたしは必ず本物の写真を捜し出します。捜し出したら……」

「……どうするつもりだ？」

遼平が低くつぶやいた。

「え？」

「確かにわたしたちは手術でこの子の顔を変えたかもしれない。しかし、今の顔に本人が納得していればいいことだ。違うか？　秋孝」

繭は二の句が継げなかった。本人の希望ならともかく、勝手に顔を変えられて納得する人間などいるはずがない。

しかし、秋孝は違うとは言わなかった。いつものとらえどころのない微笑みを浮かべる。

「そうですね。確かにぼくが納得していれば、問題はありません」

「真鳥さん……」

繭は驚きの声を上げた。それを遮るように、秋孝は続けた。

「でも、ぼくを納得させたいのであれば、お父さんの口から聞かせてください……どうしてこんなことをしたんですか？」

遼平は顔をしかめた。息子に問いただされた経験があまりないのだろう。しかし、さすがにこの質問は拒めなかったらしい。

「もちろん、お前のお祖母さんのためだ。お前自身のためでもあるが」

ためらうことなく遼平は告げる。

「若かった頃の真鳥昌和を除いて、あの人は家族の顔をすべて忘れてしまった。お前は憶えていないだろうな。真鳥昌和本人に向かって、昌和さんに会わせて欲しいと四六時中泣き叫んでいた。わたしたちはお前の事故という偶然の機会を得て、あの人が望んだことを叶えただけだ……人生の終わりに、幸せな時間を送って欲しかった」

「昌和さんも、同じ考えだったんですか？」

吐き気をこらえていた繭はつい口を挟んだ。秋孝が事故に遭った時、モデルになった祖父はまだ存命だったはずだ。こんな異様な企みに乗る人間が二人もいるんだろうか。

「もちろん。秋孝の手術を執刀(しっとう)したのは、形成外科医だった父だからな。ただ、この措置は一時的なもので、いずれは秋孝を元の顔に戻すつもりだったようだ……そんなことができるのかどうか、専門外のわたしには分からんが」

繭は衝撃を受けた。秋孝が元の顔に戻りたいと望んでも、叶えられない可能性があるということだ。万が一できなかったら、彼は他人の顔のまま生きていくしかない。

「ぼくのためでもある、というのはどういうことですか?」

秋孝は静かな声で尋ねる。当事者なのに淡々としすぎていて、繭は不安を感じていた。父親の言うことを受け入れかねない気がする。

「時間をかけて、じっくり説明していくつもりだったが……わたしはお前を元に戻す必要はないと思っている。その顔のままでいる方が、お前にとっては有益だ」

「有益、ですか」

「そうだ。感情的にならずに、冷静に考えるべきだ。今の顔になってから、他人に好感を持たれるようになっただろう? 内面はなにも変わっていないがな。人間は外見ではないという綺麗事を口にする者は多いが、人間の印象は顔に大きく左右される。そこの娘にしても、まずはお前の容姿に好意を持ったはずだ。以前の顔のままだったら、そんな風に親しくなれた自信はあるか?」

藺は刃物を突きつけられた気分だった。初めて秋孝を見かけた時、彼の姿をカメラに収めたいと思った。話しかけられた後も、容姿をずっと意識していた。もし別の顔だったとしたら、どうなっていただろう。

「確かに、元の顔よりは好意を持たれますね」

秋孝はうなずく。遼平の顔に安堵が広がっていった。

「今の顔も嫌いではありません」

「そういうことだ。だから……」

「でも、元の顔には戻してもらいます。可能な限り」

微笑みを浮かべたまま、秋孝は厳(おごそ)かに告げた。

「この顔はお祖父さんからの借り物です。だからといって絶対に悪いわけではありません……自分で借りたものなら問題はなかった。でも、これは違う。ぼくの意志とは関係なく、押しつけられただけです。本当にこの顔が有益なら、最初からぼくに選ばせればよかったんです」

遼平は燃えるような目で息子を睨みつけている。刺すようなその視線を、秋孝はいつもの柔らかい表情で受け止めていた。

「ぼくの要求が叶えられない時は、世間にこのことを公表して、あなたを訴えます。大きな騒ぎになると思いますが」

遼平の顔色が変わった。こんな問題が表沙汰になれば、確かにとんでもない騒ぎになる。仮に秋孝が勝訴できなかったとしても、病院の経営には大きな痛手になるだろう。

「お前は選択を間違えている……このことは憶えておくぞ」

忌々しげに吐き捨てて、真鳥遼平は踵を返そうとする。

「待ってください」

繭が呼び止める。階段を下りかけていた遼平が、肩越しに彼女を睨みつける。まだなにかあるのかと言いたげだった。

「外見に印象が左右されることは、確かにあります……わたしも、秋孝さんを初めて見た時、彼の外見に惹かれました」

秋孝の視線を痛いほど感じる。そちらをなるべく見ないように、繭は話を続けた。

「写真を撮ってみたいって、思ったからです。でも、写真を撮ることと、その人と親しくなることは同じじゃありません。外見はきっかけの一つにしかならないんです。秋孝さんが別の顔だったとしても、内面が同じだったら、わたしは彼に惹かれたと思います……遅いか、早いかの違いだけで」

かっと頬が熱くなった。言うつもりがなかったことまで口走ってしまった。でも、取り消すつもりはなかった。惹かれているのは本当だ。その覚悟ができると、意外に気持ちは落ち着いていった。

「……そんなことが、分かるものか」

真鳥遼平はそうつぶやくと、今度こそスタジオから去って行った。

窓の外はすっかり夜になっていた。隣家の屋根瓦も色を失い、暗がりに沈みつつある。真鳥遼平がいなくなると、スタジオの空気が温かな、落ち着いたものに変わった。繭が子供の頃から慣れ親しんだ場所に戻った。

「桂木さんのおかげで、助かりました。どうもありがとう」

秋孝は深々と頭を下げた。さっき繭が口走ったことにひとまず触れる気はないらしい。今はその方がありがたかった。

「真鳥さんはどこまで知っていたんですか」

「自分の顔が変わっていることも含めて、だいたい分かってました。父はなるべくぼくを人前に出さずに、話もさせないようにしていたけれど、たまに会う人はみんな、反応がおかしかったですから」

人間一人の顔を変えておいて、隠しおおせるはずがない。遼平自身も言っていたとおり、時間をかけてじっくりと丸め込むつもりだったのだろう。

「でも、積極的に調べようともしていませんでした。このままでもいいのかなと思っている自分もいて……迷っていたんですね」

秋孝はポケットから写真を出して、繭に手渡した。このスタジオで撮影された写真だ。

「整理を手伝い始めた二日目に、これを見つけました」

背の高い男性が二人、岩屋の描かれたスクリーンを背景にこちらを見つめている。真鳥遼平が合成した偽物と構図はほとんど同じだ。男性の一人は遼平で、偽物の方と寸分変わらない。こちらが本物の記念写真だ。

もう一人の男性は目立たない容姿をしている。目の前にいる男性と顔の輪郭や唇はそっくりだが、目鼻立ちが異なっている。厚ぼったい目で、鼻も丸みを帯びている。もちろん泣きぼくろはなかった。こちらが本当の真鳥秋孝なのだ。こうして見比べると、さほど大がかりな整形手術ではないが、受ける印象はまったく違う。

「やっぱり、真鳥さんが袋から抜き取っていたんですね」

「……すみません」

秋孝は謝った。祖母が二枚入れたと言っていたのに、袋に一枚しか入っていないのはおかしいと思っていた。抜く機会のあった人間は他にもいるが、そうする理由があるのは秋孝だけだ。たった今言ったとおり、迷っていたのだろう。

ただ、本当の秋孝の容姿がどうしても変えなければならないものだとは思えない。決して美しくはないが、懐かしいような、人を安心させる顔立ちだった。

「ぼくは、母に似ているんです。特に目元が」

その言葉でやっと納得がいった。当然、真鳥遼平は別れた妻の面影を否定し続けていたに違いない。そんな父親の希望でも、秋孝は叶えるべきか迷っていたのだ。

「これを桂木さんに持っていてもらいたいんです。万が一の時のために。父はこのまま引き下がらないかもしれない」

繭は複雑な思いだった。今回の件を見過ごすことはできなかった。でも、あの父親と秋孝の関係を繭が壊したことも事実だった。遼平の弱みを握っているとはいえ、秋孝がこのまま真鳥家にいられるかどうかも分からない。

「桂木さん、さっき、したいことはなかったかとぼくに訊きましたね」

繭は戸惑いながらうなずいた。急になんの話だろう。

「今は一つあると言いました。憶えていますか」

「はい。憶えています」

「ぼくは、今の顔を桂木さんに撮って欲しいんです。このスタジオで」

「それは……できません」

藺は首を振った。写真には二度と関わらないと決めている。

「でも、ぼくを撮りたいと思ったこともあったんでしょう」

「そうですけど……」

初めて出会った日、海岸に立っていた秋孝の姿が鮮やかに蘇った。あの時はこの人の姿をカメラに収めたいと思った——でも、彼の事情を知った今は、そんな気分にはなれない。

「写真というものは一瞬の時間と場所を切り取るものでしょう？　ぼくは今この島にいる自分……顔を変えられて、なにもできずにいた自分を記録しておきたいんです。できれば、元に戻る機会をくれた桂木さんに……それに、ぼくは証明したいんです」

「なにをですか」

「あなたが写真に関わっても、誰かの人生がそう簡単に狂ったりしない。狂ってしまった人生が、元に戻ることもあるんだって」

藺は無言で唇を噛んだ。

たぶん自分はここまで楽天的にはなれない。今まで一つのことを思い悩んだり、ずっと後悔し続けたり、不安を感じたりしながら生きてきた。そう簡単に人間は変わらない。

でも、ずっと変わらない人間もいないはずだ。

「一枚だけで、構いませんか」

「もちろんです」

秋孝はほっとしたように笑った。

必要なものは棚にすべてある。四年ぶりにニコンEMを手に取る。カメラのバッテリーはまだ残っているようだ。装着されていた標準レンズをそのまま使うことに決めた。

未使用のフィルムのキャップを開けると、懐かしいフィルムの匂いがかすかに漂った。フィルムを装塡（そうてん）して感度をセットする。

三脚は出さなかった。秋孝は無地のスクリーンを背景に立っている。体の向きを少しだけ斜めにしてもらい、彼の右目にピントを合わせた。

「桂木さん」

「はい。あの、もう少し顎を引いて……」

「桂木さんは、永野琉衣さんに会うべきだと思う」

レンズのリングを調整していた繭の指が止まった。

「……なんの話ですか」

ファインダーの中心の円に秋孝の顔が収まっている。彼は強い視線をこちらに向けていた。初めてその姿が本物の写真にうつっていた彼に重なった。

「永野さんがどこにいるのか、本当は知っているんでしょう? 仮にうまくいかなくても、もう一度話した方がいい……ぼくも、これからもう一度父と話し合ってみます」

繭は無言でシャッターを切った。

エピローグ

秋孝が帰った後、繭は撮影用の照明を落とした。窓の形にくり抜かれた外からの光が、うっすらと床に落ちた。

彼とはたぶんこれからも会うだろう。別れ際にその約束もした。ぼくも桂木さんに惹かれていると言ってくれた——付き合うかどうか、そこまでは分からない。でも、少なくとも腹を割って話せる友達であり続けると思う。お互い、相手のことを誰よりもよく知っている。自分でも目を背けたくなるような、過去の出来事も。

今は秋孝よりも、琉衣のことが先だ。

天井の蛍光灯を点けると、青白い光がスタジオ全体に広がった。窓際の古い椅子に座って、繭は物思いに耽(ふけ)った。

鈴の音が聞こえてくる。階段から猫のヨナが姿を現した。飼い主がここにいると思っていたのかもしれない。繭の存在に気付くと、ぴたりと足を止めた。ヨナは全身に緊張を漲(みなぎ)らせている。相変わらず背中にテープを貼り付けたままだ。結局、誰にも体を触らせなかったのだろう。

藺は椅子から腰を上げて、背をかがめたまま近づこうとする。テープを取ってやるつもりだったが、ヨナは向きを変えて階段を駆け下りてしまった。

(永野さんがどこにいるのか、本当は知っているんでしょう?)

秋孝の声がまだ耳の奥で響いている。知ったのはつい最近だ。ここの片付けが終わったら、琉衣と話さなければならないと思っていた。

なぜ秋孝が気付いたのか。おそらく、ここへ来る途中に滋田を見かけたからだろう。滋田は指に怪我をしている。ヨナの体に触ろうとして引っかかれたのだ。

あの猫は一緒に住んでいる人間にしか体を触らせない。初めてここに来た土曜日、ごみ箱に猫用シャンプーの容器が捨ててあった。接触を避けられている滋田が体を洗うのは無理だ。できる世話はせいぜいエサやり程度だろう。

本当の飼い主は別にいる——ここに住んでいる飼い主が。

初めて西浦写真館を整理しに来た日、土産物屋の立川研司は、祖母が旅館の従業員に建物の管理を頼んでいったと言っていた。後から考えれば、管理人がここに住んでいるとは一言も口にしていない。もともと滋田は旅館の従業員寮に住んでいて、わざわざここに引っ越す必要はないのだ。

通夜の日以来、久しぶりに会った滋田に「ここに住んでらっしゃるんですか？」と尋ねると、驚いた顔をしていた。あれは繭が言い当てたからではなく、誤解をしていたからだろう。その誤解に彼はあえて乗ったのだ。

ヨナが拾われて以降、ここに住んでいた人間、そして西浦富士子が自分の死後にも住む許可を与えそうな人間はほとんど思い当たらない。

（富士子さんが世話した人は他にもいましたが、ここに住まわせたのは彼らだけです）

高坂晶穂でないなら、残るのは一人だけだ。

そもそも、こんなことを考えるまでもない。彼には一度会っている。晶穂がこの島へ来た夜、ヨナを抱いて写真館へ現れたのが彼だった。勤務先が滋田と同じ旅館だったから、同じ作務衣を着ていた。いつこの島へ舞い戻ったのかは知らない。いつか戻ってくると言っていたそうだから、言葉どおりにしたのだろう。あの旅館は昔から人手不足で、経験者はすぐに採用されるという。三年前も今も、正体を知られないように滋田が協力してくれているはずだ。

繭は声をかけられなかった。彼が最後に寄こしたメールを憶えていたからだ。「会ったことのない他人だと思って欲しい」というのが彼の希望だった。それに従って、必死に知らないふりをしてきた。滋田に釘を刺されたとおり、彼と鉢合わせしないよう、夜九時前には作業を中断して写真館を出るようにしていた。

今夜はもう九時を回っている。

階下でガラス戸が開いた。下の方でみしみしと音を立てて誰かが歩き回っている。鈴の音とともに再び白い猫が姿を見せた。背中のテープはもうなくなっている。きっと飼い主がはがしてくれたのだろう。

繭が建物の中にいることは、土間に置かれた靴を見れば分かる。彼女を避けて立ち去ってしまうかもしれない。それがなにより心配だったが、やがてゆっくりと足音が階段を上ってきた。

ここに彼が住んでいることを両親――少なくとも母は知っていたに違いない。写真館の処分を任されたのだから当然だ。繭を強制的に写真館に来させて、自分たちを和解させるつもりだったのだ。

作務衣を着た青年が現れる。先日見た写真よりさらに鍛えられた体つきで、薄く髭(ひげ)を生やしている。彫りの深さをメガネで隠しているのは昔と同じだ。

立ち上がった繭は背筋を伸ばした。激しくなった動悸を両手で押さえつける。自分の方から声をかけなければならない。そのことだけは決めていた。

「琉衣……久しぶり」

自分のものではないように、はっきりと声が通った。

「……ごめんなさい」

永野琉衣は一瞬目を閉じる。それから、唇にかすかな笑みを浮かべた。

「久しぶり、繭ちゃん」

解説

瀧井朝世（フリーランスライター）

思い出は時に甘美で、時にほろ苦い。振り返るたびに激しい痛みをともなうものもある。それらの記憶は写真のように脳裏に焼き付けられるが、しかしまた、写真のように次第に色褪せ、セピア色になっていくのもまた確かだ。『江ノ島西浦写真館』は、そんな人と記憶と、写真の物語。第一話のみ「ジャーロ」五四号に掲載され、他は書き下ろされ、二〇一五年に単行本で刊行された。本作はその文庫化である。

著者の三上延氏といえば、大人気シリーズ「ビブリア古書堂の事件手帖」の作者である。一九七一年神奈川県横浜市生まれ、小学校の低学年からは藤沢市在住。十代の頃から小説家を志望、大学卒業後は中古レコード店や古書店に勤務。古書店では若者向けの電撃文庫がよく売れることに気づき読んでみてその面白さに気づいたという。それまでは純文学や幻想文学を執筆していた自身の作風を変え、学園ファンタジー『ダーク・バイオレッツ』を書き上げて第八回電撃小説大賞に応募したところ三次選考まで通過。受賞は逃したものの編集者に声をかけられ、同作で二〇〇二年に作家デビューした。同レーベルからはシリーズ作品を七作発表、もう少し年齢層を広げたメディアワークス文庫を創刊する際に「何か書かないか」と言われ、出したプロットのひとつが古書店もの、つまり「ビブリア〜」だったという。シリーズは大ヒット。そのシリーズを執筆する途中で、ノンシリーズ、かつ初の単行本として刊行されたのが、この『江ノ島西浦写真館』である。

主人公の桂木繭(かつらぎまゆ)は、昨年自動車部品メーカーに就職した二十代前半の女性。かつては写真家を目指したものの、ある出来事を機にその夢を諦(あきら)めている。彼女の祖母の西浦富士子(にしうらふじこ)は百年続いた「江ノ島西浦写真館」の館主であったが、その富士子が亡くなり、繭は遺品の整理のために久々に江ノ島を訪れる。片付けの途中で見つけたのは、注文を受けたのに誰も受け取りにこない「未渡し写真」の詰まった缶だった。たまたま写真を受け取りにきた青年、真鳥秋孝(まどりあきたか)とともに、繭は未渡し写真を注文主に返すため写真の謎を明らかにしていこうとするのだが……。

違う時代に撮られたはずなのに同一人物が写っている四枚の写真、繭の大学入学時に撮った写真にある苦い背景、写真館のキャビネットをめぐる攻防戦、奇妙な家族写真。どれも魅力的な謎と真相が用意されているが、読みどころはそれだけではない。どの謎にも人の心に刺さる真相が用意されているが、それと同時に繭、そして真鳥の辛い過去が浮かび上がり、彼らはそれと真摯に向き合わなくてはいけなくなるのだ。この物語は精密なミステリであり、家族小説であり、成長小説でもある。それにしても、第三話だけ繭や真鳥を客観的に見る視点人物に置くことで彼らをより立体的に見せることに成功しているが、最後の数ページで読者のみなさん、ギョッとしませんでしたか（私はしました）。こうした引きの作り方の上手さにも唸ってしまう。

『ビブリア古書堂の事件手帖』の読者なら、本作との共通点を面白く感じるだろう。まず、舞台が湘南地区である点。ビブリア古書堂があるのは北鎌倉で、西浦写真館は江ノ島だ。著者が幼い頃からよく知っている地域なだけに、その描写からは街の風景が浮かび上がってくる。写真館も古書店も、レトロな雰囲気の建物の模様。江ノ島写真館に関しては、著者の高校の後輩の実家がこの地域で大正時代から続く写真館で、執筆の際には実際に訪れていろいろと話を聞いたそうだ。

本と写真、つまり活字と映像という対照的なものながら、どちらも時を経た品を扱っている点が同じだ。筋金入りの読書家で古書店勤務経験のある著者は、写真集を眺めるのも好きだったという。ただ、専門外のはずのカメラの蘊蓄（機種やフィルムとデジタル、あるいは銀板の仕組みなど）も綿密に盛り込まれており、事実を集めて細部を丁寧に組み立てる三上作品の魅力のひとつがここでも発揮されている。

本や写真といったアイテムを通して、現在と過去が繋がっていく様も味わい深い。浮かび上がる謎には誰かの大切な記憶が絡んでいる。また、過去といえば「ビブリア」の五浦大輔が過去の出来事をきっかけに読書から離れているように、繭も学生時代の失敗により、好きだった写真から離れている。何かしらトラウマ的なものを抱えた主人公が、そのことについては多くを語らないまま、その後の時を過ごしている点も共通している。人はそんなふうにしてままならない時というものを刻んでいくものなのだ、という描き方は、著者の作風にもなっているといってよいかもしれない。

余談だが、繭の大学時代の先輩として登場する高坂晶穂は、「ビブリア」にも登場している。もちろんそちらを読んでおかないと話が通じないというわけではないが、シリーズ愛読者にとっては嬉しいサプライズだったのではないか。特に晶穂が知り合いについて言及するあたり、これはあの人のことでは……とニヤリとせずにはいられない。

物語が進むにつれ、少しずつ繭の過去が分かっていく。大学時代にあった出来事は、確かに彼女が悪い。しかし、自分が悪かったと自覚しているからこそ、いつまでもクヨクヨしてしまうことは、人間誰でもあるだろう。彼女の過去を知った時「お前が悪い。夢を諦めたのも自業自得」と思うか、「ああ、自分も不用意に人を傷つけてしまったことがあったな」と胸の痛みを感じるかは、読み手の経験やその時の気分によって異なるはず。繭だけでなく、繭が傷つけた相手、あるいは滋田(しげた)をはじめ写真館に身を寄せた人々、第四話で意外な事実が明らかになる真鳥など、本作には何かを失い、心の居場所が見つけられない人が多く登場する。それがこの作品に多分な苦味を加えているといっていい。

　そんな彼らを、優しく包み込んでいるのは、今は故人となってしまった繭の祖母、富士子である。この存在は本作の光になっている。傷のある人々が写真館に集まってきたのは、そこが駆け込み寺もしくは避難所のような安心を与えてくれる場所だったからだろう。富士子は何事もきっちりとさせる人物だったようだが、それでも、どんな人をも受け入れる懐(ふところ)の深さを感じさせる。第三話で残した手紙や実はこっそり周囲に行っていた根回しなどは、優しさだけでなくいたずら心も感じさせる。後悔や罪悪感を抱いて生きている人のことでも、優しさと厳しさ、そしてユーモアをもって受け入れてくれる、なんとも魅力的な女性だったのだ。こういう人が傍(そば)にいてくれたらと思う一方、こういう大人になりたい、と思わせてくれる人物でもある。
富士子のほかにも、本作には懐の深い存在がある。それは時間だ。辛い過去も苦い過去も、時は少しずつ、それを遠くに押し流し、人々の心をほぐしていく。富士子と時間、その両者の優しさに包まれたことで、繭はようやく、自分の過去を直視することができたのではないか。これは、ある一週間に一人の女性の凝り固まった心が少しずつほぐされ、彼女が新しい一歩を踏み出すまでの物語であるのだ（それは真鳥にとっても、そして最後に出てくる人物にとっても言えることだ）。

本書に漂う繊細さは「ビブリア」シリーズでも堪能できるが、他の作品でも緻密に構築された世界観を味わうことができる。電撃文庫のレーベルはファンタジーとミステリと学園ものが融合したシリーズを多く刊行。「ダーク・バイオレッツ」（全7巻）、「シャドウテイカー」シリーズ（全5巻）、「山姫アンチメモニクス」（全2巻）、「天空のアルカミレス」シリーズ（全5巻）、「モーフィアスの教室」（全4巻）、「偽りのドラグーン」（全5巻）がそれにあたる。他には、倉田英之氏と互いの心に残る名作や傑作、奇書の数々を語り合うブックガイド『読書狂の冒険は終わらない！』（集英社新書）があり、新潮文庫ｎｅｘの同居をテーマにしたアンソロジー『この部屋で君と』にも短篇を一本寄稿している。ちなみに、本書の発表後「ビブリア」シリーズは全7巻で完結している。

今後どのような作品を発表していくのかも興味が惹かれるところだが、本作はとりわけ、著者の構成やミステリ構築の巧みさだけでなく、人の揺れる心を掬(すく)い取る繊細な一面が色濃く表れたものになっている。ほろ苦さの奥にある優しさ、後悔の多い人生でも肯定する力強さを、しっかりと受け止めつつ、次の作品を待ちたい。

○章扉イラスト……こより
○二〇一五年十二月　光文社刊
（第一話のみ、「ジャーロ」五四号に掲載されました。）

光文社文庫

江ノ島西浦写真館（えのしまにしうらしゃしんかん）

著者　三上延（みかみえん）

2018年6月20日　初版1刷発行

発行者　鈴木広和
印刷　萩原印刷
製本　ナショナル製本

発行所　株式会社 光文社
〒112-8011　東京都文京区音羽1-16-6
電話（03）5395-8149　編集部
8116　書籍販売部
8125　業務部

ISBN978-4-334-77661-9　Printed in Japan

組版　萩原印刷

光文社文庫　好評既刊

我が子を殺した男　深谷忠記
Nの悲劇　東京～金沢殺人ライン　深谷忠記
東京難民（上・下）　福澤徹三
しにんあそび　福澤徹三
灰色の犬　福澤徹三
亡者の家　新装版　福澤徹三
白日の鴉　福澤徹三
探偵の流儀　福田栄一
碧空のカノン　福田和代
群青のカノン　福田和代
いつまでも白い羽根　藤岡陽子
トライアウト　藤岡陽子
ホイッスル　藤岡陽子
晴れたらいいね　藤岡陽子
雨月　藤沢周
オレンジ・アンド・タール　藤沢周
波羅蜜　藤沢周

たまゆらの愛　藤田宜永
和解せず　藤田宜永
ボディ・ピアスの少女　新装版　藤田宜永
探偵・竹花　潜入調査　藤田宜永
群衆リドル　Yの悲劇'93　古野まほろ
絶海ジェイル　Kの悲劇'94　古野まほろ
命に三つの鐘が鳴る　古野まほろ
パダム・パダム　古野まほろ
現実入門　穂村弘
小説日銀管理　本所次郎
ストロベリーナイト　誉田哲也
ソウルケイジ　誉田哲也
シンメトリー　誉田哲也
インビジブルレイン　誉田哲也
感染遊戯　誉田哲也
ブルーマーダー　誉田哲也
疾風ガール　誉田哲也